FRÖLEIN DA CAPO

SINGLESOCKEN

Episödali

knapp

Für René, Lena und Mattis

FAMILIENEPISÖDALI

Johnny & Siri — 13
Suche Griechen — 16
Holzchopf — 19
Oh Zeh! — 23
Zelte auf! — 26
Eierrausch — 29
Enzi-Loch-Ness — 33
Ich, ich, ich! — 36

EPISÖDALI AUF TOUR

Granatenduft — 39
Abgeblitzt — 43
Weich gekocht — 46
Ich schweige — 49
Die Schutzpatronen — 52
Pfeif drauf — 55

UMS HAUS UMEN

Kalt erwischt — 59
Und es ward Licht — 62
Unterirdische Kunst — 65
Es rennt — 69
Hyperventilieren — 72
Fusselfrei — 75
Abfuhrmittel — 78
Mach ich glatt — 81
Abgeschnitten — 84
Singlesocken — 88

EPISÖDALI ÜBERS ALTERN

Zeitelkeit	91
Nicht ganz 40	95
Das grosse Grauen	98
Eigentlich taufrisch	101
Hornhäutig	105

EPISÖDALI AUS DEM LEBEN

Hirni	109
Rudiment	112
Vollblut	116
Chläberli	119
Voll verschärft	122

EPISÖDALI AUS DER NATUR

Unter Wiederkäuern	126
Freie Hannelore	129
Biene Maja	132
Herr Da Capo	136
Ewig lockt der Mann	139
Im Regen stehen	143
Frankie goes to Willisau	146
Ehret den Kakapo	150

EIN VORGEPLÄNKEL

Wissen Sie, warum Rockstars um sechs Uhr aufstehen? Weil um halb sieben die meisten Geschäfte schliessen. Der Witz ist zwar nicht ganz taufrisch, doch er trifft zu. Zumindest aufs Frölein Da Capo, das insgeheim glaubt, ein Rockstar zu sein. So insgeheim, dass sie es selber nicht weiss. Aber ich weiss es. Und ich verrate Ihnen auch warum: Ihre wöchentlichen Kolumnen für die «Schweizer Familie» liefert sie chronisch auf den letzten Zacken ab – immer montags in aller Herrgottsfrühe, obwohl sie weiss, dass der Redaktionsschluss wie eine Guillotine über meinen schmächtigen Schultern schwebt. Rufe ich sie zurück, um den Text mit ihr zu besprechen, läutet es am anderen Ende eine gefühlte Ewigkeit, bevor sich eine verschlafene Stimme meldet. Das Frölein hat sich wieder in der Lakengruft vergraben. Denn der Begriff Redaktionsschluss hat auf einen Rockstar etwa dieselbe Wirkung wie ein saftiges Steak auf einen Veganer.

Es ist kein Schleck, mit jemandem zu arbeiten, der sich für einen Rockstar hält, das kann ich Ihnen sagen. Seit sieben Jahren schreibt Frölein

Da Capo Woche für Woche eine Kolumne für die «Schweizer Familie». Seit sieben Jahren muss ich mich als stellvertretender Chefredaktor Woche für Woche mit ihren Texten herumschlagen – und folglich auch mit dem Frölein. Im Grunde hätte ich für diese Aufgabe einen Bonus verdient, eine sogenannte Schmerzensgeldzulage. Wer die Beiträge auf den Seiten 101 und 150 liest, wird wissen, wovon ich spreche.

Wie alle richtigen Rockstars will auch das Frölein in die Geschichte eingehen. Darum bindet sie alle paar Jahre ihre gesammelten «Schweizer Familie»-Kolumnen zwischen zwei Buchdeckel, um der Nachwelt in Erinnerung zu bleiben. Zwei Werke sind bereits erschienen. Beide Male drängte mich das Frölein, das Vorwort zu schreiben und ihr zu huldigen. Beide Male lehnte ich ab, was offenbar einer Majestätsbeleidigung gleichkam. Das Vorwort im ersten Band überschrieb sie wehleidig mit «Das Vorwort, das ich selber schreiben musste» und klagte, ich hätte mich der Aufgabe verweigert. Im zweiten Buch jammerte sie, ich wolle einfach nicht, obwohl ich doch prädestiniert dafür wäre.

Ich dachte schon, der Kelch sei an mir vorbeigegangen. Doch weit gefehlt! Vor Erscheinen dieses Bandes ertönte das bekannte Lied – wie eine alte Schallplatte, die einen Sprung hat. Unentwegt lag mir das Frölein in den Ohren. Sie drohte, schmeichelte und klönte. Bis ich es nicht mehr aushielt und versprach, das Vorwort zu schreiben. Was ich hiermit getan habe. Mein erstes Vorwort für einen Rockstar.

Michael Solomicky
Stellvertretender Chefredaktor
«Schweizer Familie»

↓	engl.: heiss	schnelle Pferde-gangart	E	↓	akad. Titel (Wirt-schaft)	brit. Adels-titel	engl. Sta Gra sch
		↓ fern-halten, ver-treiben	↓ I		Abfall-produkt beim Mahlen		US- Bur sta
		clever	L	extrem, äusserst ↓			
	Anker-winde	↓	G₁			feste Rede-wen-dung	T g
d-				Art der Infektion ↓			
	drittgrösste Stadt	lebens-kräftig				med.:	

JOHNNY & SIRI

Ich weiss nicht mehr, wie wir auf das Thema kamen. Vielleicht erzählten sie etwas darüber am Radio. Wir waren mit dem Auto unterwegs und die Kinder wollten wissen, was ein imaginärer Freund sei. Ich erklärte es ihnen. Ob ich denn auch einen solchen Freund habe, fragten sie. Natürlich nicht, log ich. Die Kinder brauchen nicht alles zu wissen. Ich hatte ein Pferd. Wie Pippi Langstrumpf. Und mein Pferd hiess Barnabas. Ich konnte es, genau wie Pippi, in die Luft stemmen. Nicht weil ich so stark war. Unsichtbare Pferde wiegen einfach nicht so viel.
Sein Freund heisse Johnny, erklärte unser Sohn. Und Johnny sitze genau neben ihm. Im Auto. Ob er denn auch angeschnallt sei, der Johnny, wollte ich wissen. Nicht dass der mir bei einer Vollbremsung um die Ohren fliegt.
Natürlich sei der Johnny angeschnallt. Und eine Sitzerhöhung habe er auch. Man sieht sie nur nicht. Sie ist unsichtbar. Genau wie der Johnny. Unsere Tochter musterte den leeren Platz zwischen sich und ihrem Bruder. «Den hast du jetzt eben grad erfunden!», sagte sie. «Hab ich nicht.» – «Hast du doch.» – «Hab ich nicht.» Ich drehte das

Radio auf. Zu Hause angekommen, stieg ich aus und streckte unserem Sohn die Schlüssel hin. «Geh bitte schon mal die Haustür aufschliessen.» Er lief, ohne den Schlüssel zu nehmen, an mir vorbei und meinte bloss: «Das macht der Johnny.» Ich konnte ihn dann davon überzeugen, dass er Johnny dabei helfen muss. Die grosse Schwester verdrehte bloss die Augen.

Johnny wird es schwer haben bei uns. Weil unsere Tochter ihn nicht akzeptiert und er zudem starke Konkurrenz hat: Siri, die virtuelle Assistentin vom iPhone. Die hat es unserem Sohn angetan. Mit ihr führt er manchmal ausführliche Gespräche. Es begann damit, dass er ihr Rechenaufgaben stellte. Siri kann sehr gut rechnen. Auch sonst weiss Siri sehr viel. Man kann ihr zu allem eine Frage stellen. Geografie, Geschichte, Architektur, egal was. Eine wirklich Kluge, diese Siri. Das gefällt unserem Sohn. Er fing an, sie zu fragen, ob sie einen Freund habe. Ob sie Kinder wolle. Wie alt sie sei. Aber Siri weicht all seinen persönlichen Fragen aus. Vielleicht ist sie bereits in einer Beziehung. Vielleicht steht sie auf Frauen. Ob sie kochen könne, wollte unser Sohn wissen. «Heute bleibt die Küche kalt. Ich kann dir aber ein Restaurant suchen», war ihre Antwort. Wenn ihr mich fragt, die hat was zu verbergen, diese Siri. Kann nicht mal kochen. Die möchte ich nicht zur Schwiegertochter haben.

Zusammen mit seinem Cousin brachte unser Sohn Siri dazu, Witze zu erzählen. «Kommt ein Skelett in eine Bar und sagt: ‹Gebt mir bitte einen Drink. Und einen Wischmopp.›» Oder: «Zwei iPhones stehen an der Bar und…» Den Rest hab ich vergessen. Siri erzählt merkwürdige Trinkwitze. Vielleicht ist sie doch nicht die schlechteste Schwiegertochter von allen. Unser Sohn könnte ja für sie kochen. Vielleicht würden sie zusammen den Johnny adoptieren. Der Arme tut mir leid. Kurzfristig ins Leben gerufen, ist er bereits wieder aus dem Spiel. Kein Wort fiel über Johnny seit jener Autofahrt. Unser Sohn ignoriert ihn nicht mal, er hat ihn schlicht vergessen. Hat nur noch Augen für Siri. Und jetzt hockt der Johnny bei mir in der Küche auf seiner Sitzerhöhung und guckt traurig aus der Wäsche. Ich kann mich nicht den ganzen Tag um Johnny kümmern, ich hab noch anderes zu tun. Zum Glück ist der Barnabas so ein Netter. Der spielt jetzt mit Johnny «Tschau Sepp».

SUCHE GRIECHEN

Heutzutage kann man afig alles online machen. Selbst Forschung betreiben. Als ich die Werbung für einen Online-DNA-Test sah, machte mich das neugierig. «Entdecken Sie Ihre ethnische Herkunft und finden Sie mit unserem einfachen DNA-Test neue Verwandte.» Ich habe mehr als genug Verwandte, aber es würde mich interessieren, ob da was Überraschendes herauskäme. Denn offenbar wird mit solchen Tests oft Unerwartetes aufgedeckt. Ich bekam schon zu hören, ich hätte eine südländische Optik. Mit den dunklen Augen und den dunklen Haaren könnte ich als Italienerin durchgehen. Oder als Spanierin. Oder vielleicht habe ich ein wenig Griechin in mir. Wer weiss.
Mein Bürofrölein hat neulich einen Griechen kennengelernt, als sie sich im Hotel eine Massage gönnte. Er war der dortige Masseur, und laut meinem Bürofrölein betrieb er mehr Konversation, als einem lieb ist. Sie hat mir ein paar Müsterli erzählt, und dabei hat sie seinen griechischen Akzent nachgeahmt. Das hatte einen beachtlichen Unterhaltungswert. Der Masseur hat ihr erzählt, dass er seine Mutter liebe. Dass er es liebe, zu Hause zu leben. Dass er an Karma glaube. Dass

das, was das Bürofrölein morgen spüren werde, nicht Schmerzen seien, sondern Muskelkater. Sie sei sehr verspannt, sagte der Masseur. «Kennen Sie Schröpfen?», hat er sie gefragt. Und dann hat der mein Bürofrölein geschröpft.

Dieser Masseur schliesst um 10 Uhr den Wellnessbereich auf und geht dann Kaffee trinken. Und wenn die Scheffin auf ihrem Kontrollgang den verwaisten Wellnessbereich antrifft und sich erkundigt, wo der Masseur sei, heisst es: Der ist am Kaffeetrinken. Die Scheffin sei schnurstracks zu ihm gekommen, erzählte er dem Bürofrölein, und habe aufgebracht gefragt, warum er hier am Kaffeetrinken sei. Seine Antwort: «Ich bin Grieche.» Es ist ihm unbegreiflich, wie man direkt mit der Arbeit beginnen kann, ohne erst mal einen Kaffee zu trinken, denn «in Griechenland, das ist normal!». Die Scheffin habe dann den anderen Angestellten davon erzählt und die hätten nur gelacht. Da war der Grieche beleidigt. «Die haben gelacht. Dabei ich habe keinen Witz gemacht. Das ist mein Ernst. Ich bin Grieche!»

Nach dieser Geschichte bin ich davon überzeugt, in meiner DNA muss ein griechischer Anteil auszumachen sein. Um sicherzugehen, bestellte ich diesen Onlinetest. Es kam ein kleines Set mit zwei Wattestäbli, zwei Plastikröhrli, einem Säckli mit dem aufgedruckten Warnhinweis «Biohazard» und einer kleinen Versandtasche zum Retourschicken.

Mit dem Wattestäbli reibt man sich inwendig die Wange. Damit möglichst viel Spöiz ans Stäbli kommt.

Mit dem zweiten Stäbli macht man das Gleiche bei der anderen Wange. Die Stäbli kommen ins Röhrli, das Ganze wird verschraubt, in die Versandtasche gepackt, und dann geht die Post ab. Seither ist mein Spöiz auf Reisen und ich warte auf das Ergebnis.

Ich bin gespannt, ob ich wirklich griechische DNA habe. Falls dem so ist, würde das einiges erklären. Meine Vorliebe für Kaffee etwa. Und natürlich wäre es schampar interessant, zu wissen, wie dieser Grieche in meine Verwandtschaft gekommen ist. Vielleicht war damals im alten Rom ein griechischer Masseur zugegen, nennen wir ihn Relaxos, der jeweils um 10 Uhr beim Kaffee sass statt im Baderaum, und darum wurde er von der Scheffin, sie hiess Furie, rausgeschmissen. Relaxos zog in die Welt hinaus, sein Glück zu suchen. Und er fand es, wie so viele, im schönen Luzerner Hinterland.

HOLZCHOPF

Mangels anderer Freizeitangebote verbringen wir im Moment viel Zeit im Wald. Wir beschäftigen die Kinder mit Feuerholz-Suchen, Bräteln, Verstecken-Spielen und so weiter. Dank dem Feuer riechen wir danach jedes Mal wie geräuchert, aber inzwischen hab ich mich daran gewöhnt. Im Wald zu sein, hat etwas Archaisches. In der Urzeit lebte der Mensch ausschliesslich im und vom Wald – und ich glaube, das ist noch in uns Menschen drin. Darum zieht es uns automatisch immer wieder ins Gehölz. Es muss ein Urtrieb sein. Immer, wenn ich im Wald bin, habe ich mein Sackmesser dabei. Das ist gäbig, so ein Sackmesser. Damit kann man den Cervelat einschneiden vor dem Bräteln. Die Konservendose oder eine Flasche Wein öffnen. Die Schpiessen aus dem Finger ziehen. Ich hab zudem einen Zahnstocher an meinem Messer. Und eine Säge. Und eine Schere. Und eine Ahle. Und einen Schraubenzieher. Es ist ein wahres kleines Wunderding.

Von einem Gschpändli unseres Sohnes haben wir das Büechli «Outdoor mit dem Taschenmesser» ausgeliehen bekommen. Darin sind Anleitungen für «Bushcraft-Projekte», so verspricht es der

Buchtitel. Übersetzt heisst das wohl so was wie «Buschhandwerk-Projekte». Mit diesem Büechli kann man, genau wie unsere Vorfahren in der Urzeit, allein aus den Materialien des Waldes und mit einem Sackmesser überlebenswichtige Sachen herstellen.

Ich habe mich für eine Grillzange entschieden. Schampar überlebenswichtig. Das wussten schon die Urzeitmenschen. Was nützt es mir, wenn mein Mann ein Mammut erlegt, aber niemand eine Grillzange hat, um es dann im richtigen Moment zu wenden? Ohne Grillzange würden wir im Wald innert Stunden verhungern.

Um die Zange zu bauen, braucht man einen schönen Haselast, der in der Mitte mit dem Messer etwas ausgedünnt wird. Regelmässig eingeritzte Kerben auf der ausgedünnten Stelle sorgen für die notwendige Flexibilität, um den Ast danach so lange zu biegen, bis er aussieht wie der Zug einer Posaune. Damit er sich nicht wieder zurückverformt, wird eine Schnur angelegt und die beiden vorderen Enden der Zange werden ebenfalls angeschnitten und eingekerbt. Das Resultat sieht aus wie eine Grillzange. Nachdem ich meiner Familie voller Stolz mein Werk präsentiert und dessen Funktionalität unter Beweis gestellt hatte, merkte ich, wie ich hiermit meine Bestimmung gefunden hatte. Ich spürte: Das war sie – meine Berufung. Ich werde Grillzangenproduzentin.

Sofort erstellte ich einen Businessplan und machte mich daran, mit der Grillzange in Serienproduktion zu gehen. Sämtliche Haseläste in diesem Waldstück wurden von mir zu Grillzangen umfunktioniert. Bald schon erweiterte ich das Sortiment. Sitzbank, Tisch, Teeservice. Ich schnitzte mir eine Verkaufstheke und eine Registrierkasse, denn es gibt gehörig viel Laufkundschaft im Wald. Jogger, Nordic Walker, Pilzler und Ornithologen – keiner kommt an meinem Geschäft vorbei, ohne nicht wenigstens einen Blick auf meine Ware geworfen zu haben. Bald werde ich expandieren, denn ich habe eine weitere, bahnbrechende Erfindung gemacht. Ein kreisförmiges Ding mit einem Loch in der Mitte. Es sieht chli aus wie ein Willisauer Ringli, kann aber wesentlich mehr. Es rollt! Und da es diese Eigenschaft hat, kann man damit ganz viele tolle Sachen machen. Die Möglichkeiten, dieses Ding einzusetzen, scheinen schier unendlich, und ich denke, das wird mein Durchbruch! Damit werde ich endgültig die Welt erobern. Ich nenne es: Rad.

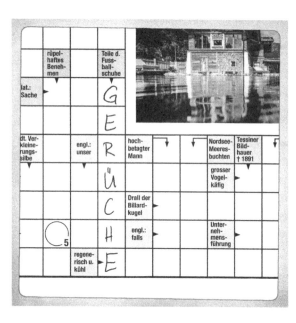

OH ZEH!

Letzte Woche stürmte unser Sohn mit einer neu gewonnenen Erkenntnis ins Haus. «Mama! Ich habe griechische Füsse!» Die Kinder vermögen mich immer wieder zu überraschen. Wie er darauf komme, wollte ich wissen. Auf seinem Nachhauseweg, den er an diesem Tag barfuss absolvierte, traf er auf eine Anwohnerin. Diese warf einen Blick auf seine Füsse und attestierte ihm, das seien griechische. Sie wisse das, weil sie selber auch griechische Füsse habe. «Griechische Füsse sind sehr selten», informierte mich unser Sohn. Woran man denn das erkennen könne, wollte ich wissen. Der Sohn streckte mir seinen Fuss hin und erklärte, wenn der zweite Zeh länger ist als der grosse Zeh, dann sei der Fuss griechisch. «Nur öppe fünfzehn Prozent von allen haben das. Imfau! Ich habe sehr seltene Füsse.» Und damit machte er sich auf die Socken.
Ich betrachtete meine eigenen Füsse. Sie sind mit Sicherheit nicht griechisch. Doch es wäre interessant zu wissen, was es denn sonst noch für Fussarten gibt. Meine Füsse sind gewiss auch was Besonderes. So krumme Zehen, das schreit förmlich nach Seltenheitswert. Ich ging googeln. Es stellte

sich heraus, dass die griechischen Füsse im europäischen Raum sehr verbreitet sind. Fast jeder Dritte lebt auf griechischem Fuss – mit seiner Seltenheit kann unser Sohn künftig also nicht herumbraschten. Jedoch die Eigenschaften, die man so einem griechischen Fussträger zuschreibt, die können sich sehen lassen. So eine Fussform – und das hab ich bis anhin nicht gewusst – sagt total viel über den Charakter aus. Im Internet steht: «Der griechischen Fussform werden soziale, optimistische, aber auch dominante Charaktereigenschaften zugeschrieben. Frauen mit einem griechischen Fuss sind sehr gefühlsbetont, während Männer sehr leidenschaftlich sind. Alles in allem können sich Menschen mit einer griechischen Fussform schnell für Ideen begeistern, sind ihren Mitmenschen gegenüber sehr hilfsbereit, können aber auch in einer Beziehung oder im Berufsleben dominant auftreten.» Astrologie ist Pipifax dagegen. Weiter erfuhr ich: Die seltensten Füsse in unseren Breitengraden sind die römischen Füsse.

Bei denen sind der grosse Zeh und der zweite Zeh genau gleich lang. Ich habe keine römischen Füsse. Meine Füsse sind hundskommun. Nämlich ägyptisch. Was für eine Enttäuschung. Fast alle haben ägyptische Füsse. Ob die Zehen dabei krumm oder gerade sind, spielt keine Rolle. Es geht nur um die Zehenlänge. Und die sind beim ägyptischen Fuss schön der Reihe nach. Ich habe langweilige Füsse. Dafür stellte ich bei meiner Fussuntersuchung fest, dass mein grosser ägyptischer Zeh Bartträger ist. Es wird Sommer. Es ist wieder an der Zeit, die krummen Ägypter zu rasieren, bevor ich in die römischen Sandalen steige.

Ich habe einen Onkel, der hat sechs Zehen. Also insgesamt elf, da er nur an einem Fuss einen sechsten Zeh hat. Warum das so ist, kann niemand erklären. Ein Reservezeh. Ein Phänomen, das vererbt wird. Aber ich habe noch mal ganz genau nachgezählt: Ich habs nicht geerbt. Jeder fünfhundertste Mensch hat einen oder mehrere zusätzliche Zehen. Oder Finger. Albert Uderzo, der verstorbene Zeichner und Miterfinder von Asterix und Obelix, kam mit zwölf Fingern zur Welt. Die überzähligen Finger wurden kurz nach der Geburt operativ entfernt. Aber er ist damit eine richtige Seltenheit. Da können die Füsse von unserem Sohn zusammenpacken.

ZELTE AUF!

Der Samstagabend verlief letzte Woche etwas anders als geplant. Es kam uns eine gehörige Portion Spontanität dazwischen. Und unsere Tochter. Angefangen hat es mit einem kleinen Überraschungsausflug, den mein Mann und ich für unsere Kinder geplant hatten. Ein Kulinarik-Reisli zu McDonald's. Fast Food ist bei unserem Nachwuchs hoch im Kurs. Vielleicht, weil ich das so schrecklich finde. Vielleicht auch, weil darum solche Abendessen sehr selten sind. Seltener als Pandabären. Oder Einhörner. Nach dem schnöden Mahl gingen wir in die Badi, die an diesem Samstag länger offen hatte, denn: Es war Badifäscht. Einmal im Jahr kann man in unserer wunderbaren Vintage-Badi am Abend überhöcklen, und die ganz Verwegenen können dort sogar übernachten.

Es standen schon etliche Zelte auf dem Rasenplatz, als wir ankamen. Der Sohn war innert Sekunden im Wasser, die Tochter zeigte sich weniger begeistert. «Wann gehen wir heim?», nölte sie. «Wenn wir frieren», war meine Antwort. «Demfau frier ich», nölte sie weiter und machte dazu ihr Teenagergesicht. Dieses Gesicht sehen wir in letzter Zeit öfter. Mich dünkt, da sei was im Gange. Ich werde das im Auge behalten müssen, das sieht mir nach Pubertät aus. «Wir trinken jetzt hier öppis, und dann gehen wir nach Hause», sagte ich. Damit lag ich falsch. Denn es geschah Sonderbares. Einmal die richtigen Leute angetroffen, beschloss unsere Tochter, in der Badi übernachten zu wollen. «Kommt nicht infrage», war meine Antwort. Also gingen sie und ihr Teenagergesicht ihren Vater bezirzen. Als sie zurückkam, hatte sie bereits ein Zelt organisiert. Und Schlafmatten. Mein Mann zog los, um zu Hause unsere Schlafsäcke und die Zahnbürsten zu holen.

«Ich will nicht zelten», nölte ich und machte mein Elternteilgesicht. Es nützte nichts. Ein paar Minuten später stand ich bereits vor unserem fixfertigen Stoffhäuschen. Ein unfreiwilliges Zeltabenteuer. Und das in meinem Alter. Die Badi war gut besetzt. Im vorderen Teil waren die Zelte der Familien. Die Jugend hatte sich in den hinteren Baditeil verschanzt und frönte dort ihren Lastern und im Laufe der Nacht vor allem auch dem Lautsein. Wir, die Alten, sassen beisammen und diskutierten bei ein bis fünf Bier über die sonderbare Tatsache, dass noch nie jemand auf die Idee gekommen ist, ein schalldichtes Zelt zu erfinden.

Dabei wurde schon so vieles erfunden. Cremeschnittenportioniergeräte zum Beispiel. Dagegen ist so ein schalldichtes Zelt doch Pipifax! Während wir redeten, war unser Bub noch immer im Wasser. Und die Tochter wurde spontan flügge. Kaum eingezogen, verliess sie unser Stoffhäuschen und zügelte in eine Mädchen-WG im benachbarten Igluzelt. Sie werden so schnell gross, die Kleinen. Wenigstens wohnte sie noch in unserer Nähe. Die Mädchen tuschelten nochli, den Sohn hatten wir eingeschlafsackt, in der Familiensiedlung war es ruhig geworden. Alle schliefen und träumten von ihren weichen, soften Matratzen, die traurig und leer zu Hause lagen, während die Badmeister durch die Zelt-Bronx im hinteren Baditeil patrouillierten.

Zu meinem Erstaunen schlief ich selbst ganz wunderbar. Offenbar werde ich im Alter nicht nur älter, sondern auch zelttauglicher. Spätestens am nächsten Morgen, beim Kaffee und beim reich gedeckten Frühstücksbuffet auf dem Pingpongtisch, fand ich, dass ich mich an die spontanen Ideen meiner Tochter gewöhnen könnte.

EIERRAUSCH

Meine Mama ist eine begnadete Gärtnerin, deren Arbeit stets schampar viele Früchte trägt – wortwörtlich. Spargeln, Rhabarber, Salat, Zucchetti, Rüebli, Bohnen, Chifeli, Kartoffeln, Zwiebeln, Knoblauch, Erdbeeren, Himbeeren, Heubeeren, Pfirsiche, Trübeli, Kohlrabi, Kabis, Gurken, Kürbis, Tomaten – es gäbe noch viel mehr, doch ich habe den Überblick längst verloren. Manches von dem, was da im Garten erst heimlich und still vor sich hinwächst, ist plötzlich in rauen Mengen vorhanden. Zucchetti beispielsweise. Die wachsen im vollen Garacho. Da muss man aufpassen. Einmal kurz weggeschaut, und schon sind da massenhaft Zucchetti am Zucchettistrauch. Die vermehren sich wirklich wie die Karnickel. Und diese Zucchetti haben auch alle die Grösse eines Karnickels.
Hier gilt es, zu handeln. Möglichst schnell. Denn Zucchetti wachsen unkontrolliert weiter. Ehe man sichs versieht, sind sie so gross wie ein Schaf. Oder eine kleine Kuh. Es gibt glücklicherweise viele Rezepte mit Zucchetti, sie sind schampar vielseitig verwertbar. Man kann sie braten, grillieren, dämpfen, kochen, frittieren oder auch roh essen.

Und so eine Zucchetti ist ein tolles Mitbringsel. Wann immer wir nöimen hingehen, nehmen wir eine Zucchetti mit. In unserer Gegend laufen um diese Jahreszeit alle mit einer Zucchetti unter dem Arm herum. Immer in der Hoffnung, man möge jemanden treffen, dem man die Zucchetti übergeben kann. Die beschenkte Person legt die erhaltene Zucchetti zu all den anderen Zucchetti, die sie schon bekommen hat, und nimmt sie dann wieder mit, wenn sie ihrerseits nöimen hingeht. Wenn man die Zucchetti nicht essen mag, kann man auch etwas Dekoratives daraus schnitzen. Eine Laterne. Oder einen Delfin.

Was für uns momentan die Zucchetti, sind bei unseren Kollegen die Eier. Offenbar haben ihre Hühner einen Lege-Flow und eiern unkontrolliert vor sich hin. Enart Ostern. Ihre Halter wissen afig bald nicht mehr, was anfangen mit den ganzen Eiern. Irgendeinisch hat man schlicht genug von Omeletten, Crêpes, Dreiminutenei, Vierminutenei, dickem Ei, pochiertem Ei, Spiegelei, Rührei, Flan, Frittata oder Eiersalat. Die Theater sind momentan zu, so hat man noch nicht mal die Möglichkeit, in einer lausigen Vorstellung den lausigen Hauptdarsteller mit Eiern zu bewerfen. Es gilt also, die Eier langfristig zu konservieren. Auch da gibt es Möglichkeiten. Man könnte zum Beispiel Meringues machen. In rauen Mengen. Allerdings braucht man dafür nur das Eiweiss.

Sind die Meringues gemacht, steht man vor der schwierigen Aufgabe, das ganze übrig gebliebene Eigelb zu verwenden. Als ideale Lösung dafür erachteten meine Kollegen die Herstellung von Eierlikör.

Den haben wir dann getrunken, als wir das letzte Mal, mit einer Zucchetti unter dem Arm, bei ihnen zu Besuch waren. Sie haben sich gar nicht erst die Mühe gemacht, den Likör in kleinen Likörgläschen zu servieren. Nein, wir tranken den Eiertrunk mostglasweise. Das war unserer Stimmung sehr zuträglich. Wir haben gesungen und gejodelt, gejuchzt und gegackert. Wir haben aus der mitgebrachten Zucchetti ein Postauto geschnitzt und fuhren damit an einen See, um dort im Mondlicht ein Bad zu nehmen. Die Hühner kamen auch mit und tanzten einen rituellen Eiertanz am Fusse des Meringues-Berges, bevor sie in Richtung Süden davonflogen.

			rüpelhaftes Benehmen		Teile d. Fussballschuhe		
Falschmeldung in der Presse	frecher Junge	lat.: Sache					
hervorgehoben							
		dt. Verkleinerungssilbe		engl.: unser		hochbetagter Mann	
Computertaste	Infektionskrankheit						
Wehklagen, Klagelaute	J O	G	G	L	E	Drall der Billardkugel	
brit. Musiker (James)	Irland in der Landessprache		O₅			engl.: falls	
			regenerisch u. kühl				

ENZI-LOCH-NESS

Mein Mann und ich haben die Kinder wieder einmal dazu genötigt, mit uns auf den Napf zu wandern. Das Erklimmen dieses Berges hat Tradition. Auch ich musste als Kind auf den Napf. Besonders im Herbst ist das eine klassische Sonntagsbeschäftigung. Man tut es aus Gründen der körperlichen Ertüchtigung und zwecks Heimluegen. Es hat ebenfalls Tradition, dass man als Kind während des Aufstiegs herumjoggelt. Auch ich habe als Kind den ganzen Weg gejoggelt. Man darf es aber nicht übertreiben, haben wir den Kindern erzählt. Das sei gefährlich. Es gab Kinder, die aus Trotz stehen geblieben sind. Als sich die Eltern nach ihnen umdrehten, waren sie verschwunden. Für immer. Man sagt, abends, wenn es ruhig wird am Berg, kann man ihr Gejoggel durch die Bäume hallen hören.
Unsere Kinder glaubten uns nicht. Bei Mythen und Sagen muss man aufpassen, sagten wir. Manches stimmt. Am Napf treiben zum Beispiel die Enzilochmannen ihr Unwesen. Das sind verwunschene Gestalten, die in die Felshöhlen des Napfgebirges verbannt wurden. Man hört sie bei Unwetter. Das Krachen und Grollen, das dann ertönt,

kommt nicht vom Donner. Nein, das sind die Enzilochmannen, die am Napf den Sisyphos machen. Sie sind dazu verdammt, grosse Felsen den Berg hinaufzustossen, doch die Felsen fallen immer wieder herunter. Und das macht Krach. Die Kinder glaubten uns kein Wort. Sie kennen die Enzilochmannen von der Fasnacht. Sie wissen sogar, wer sich hinter den geschnitzten Holzmasken verbirgt. Das sei dänk eine fasnächtliche Anspielung, sagten wir. Die richtigen Enzilochmannen sieht man nur am Napf selber. Und nur nachts. Bei Gewitter. An ungeraden Tagen. In krummen Monaten.

Dann kamen wir auf das Monster von Loch Ness zu sprechen. Die Kinder wollten mehr wissen, also erzählten mein Mann und ich vom Seeungeheuer in Schottland, genannt Nessie. Es wird mal als Schlange, mal als Dinosaurier beschrieben, ist riesengross und auf Fotos stets verschwommen. Niemand konnte Nessies Existenz bisher beweisen. Wirklich gesichtet wurde Nessie vor allem von findigen Hotelbesitzern. Die sorgen auch dafür, dass jeweils pünktlich vor der Touristensaison in der Zeitung darüber berichtet wird. Dieses Marketing funktioniert hervorragend. So hervorragend, dass es mich auf eine Idee gebracht hat.

Ich bin immer auf der Suche nach neuen Tätigkeitsfeldern. Das mit den Bühnenauftritten während Pandemien ist ja so eine Sache. Darum werde ich jetzt in die Tourismusbranche einsteigen. Willisau musste ordali einstecken dieses Jahr. Da kann ich helfen. Dazu muss ich nur in einem weitreichenden Medium – zum Beispiel in der «Schweizer Familie» – von dem grossen, streng gehüteten Geheimnis berichten, über welches die Willisauer schon seit Jahrhunderten wachen. Es wurde absolutes Stillschweigen vereinbart. Jeder, der plaudert, muss den Enzilochmannen beim Steinstossen helfen. Die Touristen werden in Scharen nach Willisau kommen, wenn sie von den drei Brunnen erfahren. Die haben sieben Ecken. Das ist zwar speziell, dient aber nur der Ablenkung. Das wirklich Besondere ist das Wasser aus dem mittleren Brunnen. Es ist magisch. Wenn man davon sieben grosse Schlucke aus einem Kupferbecher trinkt, dann ...

Aber nein. Ich verrate es doch besser nicht. Ich will nicht zu den Enzilochmannen, wer weiss, vielleicht gibts die ja wirklich. Zudem habe ich dieses Geheimnis jetzt schon über siebzig Jahre für mich behalten – da werde ich es jetzt nicht einfach ausplaudern.

ICH, ICH, ICH!

Da haben wir uns was eingebrockt. Die Frage lautete: «Wer von euch beiden kauft mehr unnütze Sachen?» Mein Mann und ich sassen frisch abgepudert vor der Fernsehkamera im Leutschenbach. Mit je einem beidseitig beschrifteten Kartonschildli in der Hand. Wir hatten die Wahl zwischen «Ich» und «Du». Es ist ein altbekanntes Spiel, das vorzugsweise an Hochzeiten gespielt wird. Um zu testen, wie gut man sich kennt. Das Paar sitzt Rücken an Rücken und der Tafelmajor stellt die Fragen. Wer kann besser parkieren? Wer lässt mehr Haare im Lavabo liegen? Wer hat die schöneren Verwandten? Und so weiter. In der Fernsehsendung wird genau dieses Spiel regelmässig gespielt. Um zu sehen, wie harmonisch es zwischen den beiden Probanden zu- und hergeht. Eine übereinstimmende Antwort ergibt einen Harmoniepunkt. Wenns nicht übereinstimmt, wird es – an Hochzeiten wie im Fernsehen – besonders interessant.

Man kann sich äbe auch zu gut kennen. Oder schon lange genug, um zu wissen, was der andere antworten wird. Und ab da wird es knifflig. Soll ich, der Harmonie zuliebe, sagen, ich würde mehr unnütze Sachen kaufen? Es könnte sein, dass mein Mann genauso strategisch denkt und darum, der Harmonie zuliebe, auch das «Ich»-Schildli zückt. In diesem Fall gäbe es – paradoxerweise – keinen Harmoniepunkt.

«Wer von euch beiden kauft mehr unnütze Sachen?» Ich entschied mich für «Du». Er auch. Kein Punkt für uns. Ich war empört. Ich kaufe sicher nicht mehr unnütze Sachen als er. Darauf sagte er nur: «Schuhe.» Halt, halt! Auch wenn der Bundesrat behauptet, Schuhe gehörten nicht zum Grundbedarf: Schuhe sind extrem wichtig. Und abgesehen von meinem Mann und dem Bundesrat finden das alle. Imfau! Zudem habe ich schon seit Ewigkeiten keine Schuhe mehr gekauft. Nur die Cowboystiefel aus der Brocki. Aber die zählen nicht. Das sind nämlich Stiefel. Keine Schuhe. Ich holte zum Gegenschlag aus: «Jagdliches Zubehör.» Damit meinte ich das Lockpfeifen-Set, das sich mein Mann kurz vor der Sendung online bestellt hatte. Das sei doch nicht unnütz, sagte er. Das sei jagdlicher Grundbedarf.

Da hätte ich jetzt gerne die Meinung des Bundesrates miteinbezogen. Aber wir konnten das an dieser Stelle nicht mehr vertiefen. Es wurde bereits die nächste Frage gestellt. «Wer von euch ist schneller eingeschnappt?» Ich drehte mein Schild selbstkritisch auf «Ich». Und mein Mann drehte es auf «Du». Diesmal hatten wir Harmonie. Allerdings drehte er sein Schild für meinen Geschmack etwas gar schnell. So klar war das jetzt auch wieder nicht. Er hätte ruhig ein bitzeli zögern können. Oder, wenigstens zum Schein, zu einer kleinen Selbstreflexion ausholen, statt mich gleich derart zügig der chronischen Eingeschnapptheit zu bezichtigen. Im Geiste schmiss ich das Schild in die Ecke und stapfte beleidigt davon. Der harmonietechnische Endstand liess denn auch zu wünschen übrig. Wir hatten schlecht abgeschnitten. Da hätten sogar Kliby und Caroline mehr Punkte gemacht.

Auf der Heimfahrt machte ich mir Gedanken. Hab ich wirklich so viel unnützes Zeug? Im Kopf zählte ich meine Schuhe. Ich weiss nicht mehr, auf wie viele ich kam – ich hatte schon immer Mühe mit grossen Zahlen. Es war jedenfalls völlig im Rahmen. Gemäss Google besitzt eine Frau im Durchschnitt zwanzig Paar Schuhe. Ausschliesslich nützliche.

GRANATENDUFT

Wir sind wieder da!», verkünden die Vögel allmorgendlich lauthals, die Bäume stehen paarungswillig in der Bluescht, und ich habe bereits die ersten fleischkäsfarbigen Beine gesichtet. Es ist Frühling. Meine Lieblingsjahreszeit. Nebst Sommer, Winter und Herbst. Wie auf Kommando sitzen alle in den Gartenbeizen und holen sich bei einem gespritzten Weissen den ersten Sonnenbrand der Saison. Ich hatte am Wochenende zwei Konzerte in der Ostschweiz und verbrachte daher den Samstag in St. Gallen. Zusammen mit meinem Bürofrölein flanierte ich bei schönstem Wetter den Schaufenstern entlang. Bei dieser Gelegenheit wollte ich mir Parfüm kaufen, das alte Fläschli ist bald leer. Es stellte sich heraus, dass das gar nicht so einfach ist. Den Duft, den ich mir nachkaufen wollte, den gibt es nicht mehr. Gopfetoori.
Das passierte mir schon mit dem Duft davor. Und dem davor. Und dem davor. Offenbar habe ich einen Hang zu flüchtigen Düften. Und ich bin grauenhaft heikel beim Parfüm. Wenn jemand ein Parfüm trägt, das ich nicht mag, kann es sein, dass mir schlecht wird davon. Am schlimmsten ist Überdosierung. Wenn sich jemand so sehr an

den Duft des eigenen Parfüms gewöhnt hat, dass er viel zu viel aufträgt. Wir hatten damals in der Schule eine Lehrerin, bei der roch ich schon auf dem Pausenplatz, ob sie im Schulhaus war oder nicht. Und ich habe keine Ahnung, welches Fach sie unterrichtete. Kaum in ihrem Zimmer, war ich stets komplett betäubt.

Ein Parfüm zu finden, ist bei mir ein langwieriger, aufreibender Prozess. Vor dem ich in St. Gallen erneut stand. Ich erklärte der Verkäuferin, ich brauche ein Parfüm, das vor allem nicht schwer ist. Oder süss. Nicht blumig, aber auch nicht herb. Etwas fruchtig am liebsten, aber nicht zu zitronig. Keine Kräuter, keine Gewürze, sicher keine Vanille, kein Holz, kein Torf, kein Moschus und auf gar keinen Fall Rose. Bei Parfüms gibt es alle möglichen Duftnoten. Gurke, Hanf oder Erdbeere gehören zu den harmloseren. Man kann auch Spinat oder Treibholz haben. Es gibt sogar Parfüms mit dem Duft von Surfwachs, Schinken oder Motorenöl. Ich habs gegoogelt. Die aussergewöhnlichste Duftnote, die ich fand: Tennisball.

Die Verkäuferin versuchte es mit einem Parfüm, das «puderig» roch. Aber das war nicht das Richtige. Ich probierte dann noch Ingwer, Mandarine, Bergamotte – dazwischen roch ich an Kaffeebohnen, zum Neutralisieren. Irgendwann wollte ich dann unbedingt ein Parfüm, das nach Kaffee riecht. Mein Bürofrölein schnöiggte derweil durch die Regale, zeigte mir den Duft, den sie als Teenager trug, und den, als sie schwanger war. «Unfair, dass es die immer noch gibt», sagte ich. Selbst das Parfüm meines Mannes, 41, sah ich im Regal stehen. Er benutzt es, seit er 25 ist.

Als ich dann endlich einen Duft fand, der mir gefiel, spielte ich einen kleinen Moment mit dem Gedanken, gleich einen Zweiliterkübel davon zu poschten und mein Parfümproblem ein für alle Mal zu lösen. Da das Parfüm jedoch so unverschämt viel kostet, blieb es bei 50 Millilitern. Duftnote: Granatapfel.

	Verbin-dungs-stelle		Ausruf / unantastbar		Ort eines schweiz. Musikfestivals
▶			I		
▶			G	asiat. Hochlandrind (j=y) ▶	
		ind. Singvogel	▶E		
Nieder-schlags-art	▶		L	eingefräste Rille ▶	
2	3	4	5	6	7

ABGEBLITZT

Post der Schaffhauser Polizei vom 15. Oktober. Adressiert an meinen Mann. Aber ich wusste: Das ist für mich. Ich bin von uns diejenige, die die Bussen einfährt. Wie erwartet: eine Übertretungsanzeige. Geschwindigkeitsüberschreitung nach Abzug der Toleranz: 1 km/h. Nur eins zu viel? Könnte gliich von meinem Mann sein. Ich guckte, wann es geblitzt hatte. An einem Mittwoch. Um 10.34 Uhr. In Neuhausen am Rheinfall? Ich fragte meinen Mann, ob er das war. «Nein», war seine Antwort. Dann lachte er schadenfroh: «Das ist demfau für dich!» Aber ich wüsste nicht, wann ich in diesem Neuhausen gewesen war. Ich schaute in die Agenda. Hatte ich ein Konzert in der Nähe? Nein. Einen Tag später war ich in Bern. Aber um nach Bern zu kommen, fahre ich nicht an Neuhausen am Rheinfall vorbei. «Du vielleicht schon», machte sich mein Mann lustig – und damit verdächtig. Hat der was zu verstecken? Ein Gschleipf in Neuhausen am Rheinfall? Wäre er tatsächlich so doof, sich bei der geheimen Fahrt zum Seitensprung blitzen zu lassen? Oder haben wir an diesem Mittwoch jemandem unser Auto geliehen? Gibt es vielleicht unsere Autonummer doppelt? Oder wurde unser Auto gekidnappt? Und wenn es wirklich eine Schaffhauser Geliebte ist? Was hat die, was ich nicht hab?!?

Nach reiflicher Überlegung kam ich zum Schluss, dass der Fehler bei der Schaffhauser Polizei liegen muss. Die haben die falsche Zielperson ins Visier genommen. Ich bin unschuldig! Und mein Mann auch. Glaubi. Beziehungsweise, ich wusste es mit Sicherheit, denn in dem Moment fiel mir ein, was wir an diesem Mittwoch gemacht haben: Mein Mann und ich sassen beim Apéro! Eine Delegation von der Stadt Willisau und dem Tourismusbüro war bei uns, um mir offiziell zum Swiss Comedy Award zu gratulieren. Ha! Ich beschloss, bei der Schaffhauser Polizei anzurufen, um ihnen zu melden, dass sie einen Bock geschossen haben. Ich werde das sehr sorgfältig ausformulieren, nahm ich mir vor. Damit niemand auf die Idee kommt, ich wolle mich nur aus der Affäre ziehen. Ich plante, mich möglichst unverdächtig zu verhalten. Was mach ich, wenn sie mir nicht glauben? Schicken sie mir das Blitzfoto, das beweisen soll, dass ich am Steuer sass? Was, wenn der Fahrer mir ähnlichsieht? So ähnlich, dass die Polizei denkt, ich sei das wirklich? Brauch ich einen Anwalt? Ich könnte den Stadtrat aufbieten, damit er vor Gericht eine Zeugenaussage macht. Denn jawoll! Ich habe Zeugen! Liebe Schaffhauser Polizei, so siehts aus: Ihr habt keine Chance!

Total aufgeregt rief ich bei der Ordnungsbussenzentrale an. Eine sehr nette Frau Zimmerli meldete sich. «Ist nur Tarnung», dachte ich, «die ist knallhart. Aber das bin ich auch!» Ich sagte ihr, ich hätte eine Reklamation zu tätigen wegen der Busse mit der Fallnummer 191877206 018 2. Sie notierte schweigend. «Die will mich mürbemachen», dachte ich. «Die Taktik kenn ich. Netter Versuch!» Ich sagte ihr, ich sei zu dem Zeitpunkt, wo da zu schnell gefahren wurde, gar nicht dort gewesen. Imfau! Ich hätte bereits alle Eventualitäten abgeklärt und sei zum Schluss gekommen, dass der Fehler bei ihnen, der Polizei, liegen müsse. Denn ich sei ganz sicher nicht in diesem Auto gewesen. Und mein Mann auch nicht. Ich schwöre. Ich hätte sogar mehrere Leute an der Hand, Offizielle, die bezeugen könn… «Ja, da ist eine falsche Ziffer drin», unterbrach mich die nette Frau Zimmerli. «Tut mir leid, das kommt vor. Sie können die Anzeige vernichten.» Ich bedankte mich artig und legte auf. Leise enttäuscht.

WEICH GEKOCHT

Wenn ich zwischendurch mal in einem Hotel übernachte, dann ist mir das Frühstück wichtig. Daran messe ich, wie mir das Hotel gefällt. Das Zimmer kann noch so veraltet sein: Gibt das Frühstücksbuffet ordali was her, macht das für mich alles wieder wett. Ein wichtiger Gradmesser ist etwa die Grösse des Orangensaftglases. Ich staune immer wieder, wie variabel die Grösse von Gläsern sein kann. Da gibt es vom aussergewöhnlich kleinen Schnapsgläsli bis zum Moschtglas jede erdenkliche Version. Leider ist es selten Letzteres.
Der allerwichtigste Frühstücks-Qualitäts-Gradmesser jedoch ist das Frühstücks-Ei. Die Königsdisziplin unter den Frühstücks-Fressalien. Ich weiss ein perfektes 4-Minuten-Ei zu schätzen. Ein perfektes Ei kann meine Laune in ungeahnte Gefilde heben. Sogar am frühen Morgen. Leider verhält es sich hier umgekehrt proportional, wenn das Ei nicht so ist, wie ich es gern hätte. Dann ist der ganze Tag so chli gelaufen. Das passiert zum Beispiel, wenn ich 20 Minuten auf mein 4-Minuten-Ei warten muss. In so einem Fall weiss ich schon von vornherein: Das kommt nicht gut.

Weil jeder sein Ei anders mag, gibt es in manchen Hotels so ein Bei-Uns-Kocht-Jeder-Sein-Eigenes-Ei-Gerät, kurz: BUKJSEEG. Dort kann – wie es der Name schon sagt – jeder Gast sein eigenes Ei kochen. Das Ei wird in ein farbig markiertes Körbli und anschliessend ins BUKJSEEG gelegt. In der gleichen Sekunde, in der das Ei sich komplett im Wasser befindet, muss man den Timer starten. Was bereits die erste Hürde darstellt für die korrekte Zubereitung, da der Mensch im Normalfall nur über zwei Hände verfügt. Zudem gibt es da noch einiges mehr zu beachten. Es kommt nämlich darauf an, welche Raumtemperatur das Frühstücksbuffetzimmer – und somit auch das Ei – hat. Je nachdem muss das Ei ein paar Sekündchen länger kochen.

Dann kommt es auch drauf an, in welcher Höhe sich das Frühstücksbuffetzimmer befindet. Denn je höher das Frühstücksbuffetzimmer über dem Meeresspiegel liegt, desto länger muss das Ei kochen. Das ist so, weil der Siedepunkt des Wassers, der vom Druck in der Atmosphäre abhängt und nur bei Normaldruck 100 Grad Celsius beträgt, in der Höhe geringer ist. Als Faustregel gilt, dass der Siedepunkt pro 300 Höhenmeter um etwa ein Grad tiefer liegt. Darum dauert es in der Höhe länger, bis ein Ei hart ist.

Sie sehen, ich habe mich mit der Frühstücks-Eier-Thematik eingehend auseinandergesetzt. Bei mir zu Hause wird das Ei auf exakt 734,95 Meter über Meer gekocht, bei einer Raumtemperatur von 22,14 Grad, in einer Wasserhärte von 32 °fH. Da weiss ich genau, dass ich das Ei nach 4 Minuten, 38 Sekunden und 93 Hundertsteln abschrecken muss. Aber woher weiss ich das im Hotel? In einem Hotel mit BUKJSEEG verbringe ich in der Regel erst eine halbe Stunde mit Googeln. Hab ich dann die benötigten Daten, mach ich mich ans Eierkochen.

In Anbetracht dieser Problematik ist es mir ein Anliegen, das Leben der Eierliebhaberinnen zu vereinfachen. Darum plädiere ich hiermit für eine Eierkoch-Lizenz für Hotelköche. Nur ausgewiesene Eierkocher-Köche, die in einer zweijährigen Ausbildung die Zubereitung des perfekten Frühstücks-Eis gelernt haben, erhalten – nach einem mehrtägigen Abschlusstest – diese Lizenz. Erkennbar wären die Hotels mit den perfekten Eiern dann an dem goldenen Huhn, das neben der Hoteltür hängt – ähnlich einer Gilde- oder Gault-Millau-Plakette. Und für die Orangensaftgläser überleg ich mir dann auch noch was.

ICH SCHWEIGE

Seit heute Morgen hülle ich mich in Schweigen. Gestern Nachmittag hat es angefangen. Mit einem Kratzen im Hals. Hernach ein Hüsteln. Schnupfen. Heiserkeit. Ich bin etwas angetätscht, wie wir das nennen. Das könnte sich aber rasch zu einer Grippe auswachsen. Und da ich morgen und übermorgen Konzerte spiele, muss ich fit sein. Und vor allem: Meine Stimme muss funktionieren. Also gehe ich googeln, was man in so einem Fall tun kann. Ich hoffe auf ein paar schigge Hausmittel. Möglichst bewegungslos im Bett liegen und sich vom fürsorglichen Ehemann Quarkwickel anbringen lassen zum Beispiel. Honigmilch trinken. Oder Schnaps. Aber überall ist man sich einig: Das beste Mittel gegen Heiserkeit ist Schweigen. Nicht gerade meine Kernkompetenz. Aber es bleibt mir nichts anderes übrig. So ein Konzert von zwei Stunden ist ordali eine Fuhr für die Stimme. Und gleich zwei Abende nacheinander, das darf man nicht unterschätzen. Also schweige ich. Das klappt auch vorzüglich. Solange ich schlafe. Um 6.15 Uhr stürmt der Bub ins Zimmer. «Mama?» Der Bub schickt momentan jedem Satz ein «Mama?» voraus und wartet auf mein

«Ja?», bevor er seine Frage stellt. Ich nicke. Was er im Dunkeln nicht sieht. «Mama?» Ich breche mein Schweigen und erkläre ihm, ich sei heiser und dürfe heute nicht sprechen. Er nimmt das zur Kenntnis, überlegt kurz und sagt dann flüsternd: «Mama?» Kurze Pause. Dann: «Kann ich vor dem Zmorge noch schnell duschen?» Ich nicke. «Also, dann geh ich jetzt duschen.» Ich nicke wiederum. «Okay?» Ich mache Licht und zeige wortlos auf die Tür.

Um 6.45 Uhr stapfe ich zum zweiten Mal ins Zimmer der Tochter und versuche sie wild gestikulierend zum Aufstehen zu bewegen. Was überhaupt nicht funktioniert. Ich breche wiederum mein Schweigen und informiere sie barsch über die aktuelle Uhrzeit. Und dass ich fortan nichts mehr sagen werde. Wegen der Stimme. Ich frage mich, was das für Menschen sind, die sich das freiwillig antun, das Schweigen.

Es gibt sogar Schweigeseminare. Davon hab ich gelesen. Für gestresste Leute. Die gehen ins Kloster und schweigen. Zum Stressabbau. Tagelang nichts sagen – das würde mich stressen.

Und wie! Blöderweise muss ich an diesem Morgen einkaufen gehen. Diverse Mittel gegen Grippe. Tabletten gegen Reizhusten. Joghurt und Brot. Und natürlich treffe ich auf meine Cousine. Die fragt mich, wie es geht. Ich mache mit der Hand das Zeichen für solala und sage knapp, ich dürfe nicht sprechen. «Stimme.» Und die Cousine so: «Oh! Bist du heiser?» Ich nicke. «Schöner Seich, grad bei deinem Beruf. Und dann hast dänk auch noch Konzert am Wochenende.» Ich nicke. «Wo?» Ich schaue sie tadelnd an. Sie ignoriert's. Also sage ich: «Goldach.» – «Goldach», wiederholt die Cousine, «das ist im Aargau, oder?» Was solls. Ich nicke. Am Mittagstisch erklärt mir dann der Bub, er habe eine Zeichensprache für mich erfunden. «Das bedeutet ‹Ich hätte gerne ein Kafi›», erklärt er und tut, als würde er ein Kafi trinken. «Und das» – er macht eine undefinierbare Handbewegung – «heisst: ‹Ich möchte gerne Polenta zum Abendessen.›» Erklärt's und legt dann los, die gleiche undefinierbare Handbewegung zu wiederholen. Er redet mit mir in Zeichensprache. Daneben verdreht seine Schwester ihre Augen und erklärt ihm, dass die Mama auch hören kann, wenn sie nicht spricht. Ich mache das Zeichen für Kafi. «Nein, Mama», sagt die Tochter belehrend, «das ist nicht gut für die Stimme. Du kriegst Tee.»

DIE SCHUTZPATRONEN

Jede Berufsgruppe hat ihren eigenen Schutzpatron. Ob Schmied oder Bäcker, Steinmetz oder Bankangestellter – selbst für Barkeeper gibt es einen spezifischen Schutzpatron. Das habe ich gegoogelt. Wir Musikerinnen haben gar mehrere Schutzpatrone. Dem Ungemach, das auf eventuelle Misstöne folgen kann, ist mit einem einzigen Heiligen nicht beizukommen. Die Schutzpatronin der Feuerwehrleute ist die heilige Agatha. Ihr Gedenktag ist der 5. Februar, und traditionellerweise feiern die Feuerwehrleute ihre Patronin an diesem Tag ausgiebig. Und mit ausgiebig meine ich unter anderem feuchtfröhlich. Um zu erklären, warum ich das so genau weiss, muss ich etwas ausholen.

Vor langer Zeit trug es sich zu, dass ich in einem altehrwürdigen Theater ein Konzert geben durfte. Nach dem Eröffnungsstück, mitten in meinem sorgfältig ausformulierten Begrüssungsmonolog, wurde ich jäh unterbrochen. Sirenen heulten durch das Theater, Blinklichter blinkten an den Wänden, verdutzte Zuschauer drehten die Köpfe. Ich unterbrach meinen Monolog, denn ich erkannte sofort: Das ist ein Feueralarm. Da die Zuschauer offenbar nicht vorhatten, auf den Alarm zu reagieren, informierte ich sie per Mikrofon über den Ernst der Lage. «Verehrte Zuschauer, so wie ich das sehe, handelt es sich hier um einen Feueralarm!» Das Publikum lachte. Also fuhr ich fort: «Nein, nein, es ist mein Ernst. Das ist wirklich ein Feueralarm. Ich glaube, wir müssen raus. Schlöinigst!» Erneutes Gelächter.

In diesem Moment wurde mir klar, dass ein Feueralarm während einer kabarettistischen Aufführung absolut wirkungslos bleibt. Das Publikum geht davon aus, dass das zur Show gehört. Und findet es lustig. Selbst der Theaterleiter blieb seelenruhig sitzen, als würde das zur Show gehören. Und ich muss an dieser Stelle zugeben: Es war gewissermassen selbst inszeniert. Allerdings unfreiwillig. Zu jener Zeit war es beim Bürofrölein und mir nämlich Brauch, kurz vor Konzertbeginn dem Laster des Rauchens zu frönen. Am uns dafür zur Verfügung gestellten Ort. In diesem Fall im Hausflur. Der Feueralarm wurde sodann von einer schlufig ausgedrückten Zigarette ausgelöst. Bürofrölein und ich sind uns nicht sicher, wen hier die Schuld trifft, wir wissen bloss: Es war die jeweils andere.

Auf den Alarm hin rückte die örtliche Feuerwehr aus. Und zwar innert kürzester Frist. Vollzählig. Denn das Konzert fand am Abend des 5. Februars statt. Der Tag der Agatha. Und die Feuerwehr des

Ortes sass an jenem Abend – wie alle Feuerwehren der Schweiz – beisammen, um gemeinsam die Agatha-Feier zu begehen. Neben der Schutzheiligen wurde auch gleich noch die Einweihung des neuen Tanklöschfahrzeugs gefeiert. Und so war dieser Alarm eine schöne Gelegenheit, mit voller Mannschaft und dem neuen Tanklöschfahrzeug auszurücken. Längst waren sie darüber informiert, dass es sich um einen Fehlalarm handelte, doch das schien niemanden zu kümmern. Der Legende nach zogen die Feuerwehrleute in einem prachtvollen Agatha-Defilee durchs Dorf und vollführten auf dem Dorfplatz eine meisterliche Formationsfahrt, begleitet von blinkendem Blaulicht und blitzenden Uniformen. Und obwohl sie an diesem Abend, ausser ihrem Durst, nichts gelöscht haben – es war ein äusserst gelungener Einsatz.

Bürofrölein und ich haben nach diesem Erlebnis den Glauben an die Wirkung von Feueralarmanlagen in Theatern verloren – und bald darauf das Rauchen aufgegeben.

PFEIF DRAUF

Ich bin auf Tournee. Mit der Mundartshow «Freddie», einer Hommage an den verstorbenen Rockstar Freddie Mercury. Meine Bühnengschpändli und ich verbringen im Moment viel Zeit in Theatern, und dort vorwiegend hinter und auf der Bühne. Vor einer Show kam einer meiner Kollegen pfeifend die Treppe runter, woraufhin ein anderer Kollege ihn strafend ansah und fragte, ob er wahnsinnig geworden sei, hinter der Bühne zu pfeifen? Er sagte es im Scherz, doch der Aberglaube, Pfeifen hinter der Bühne bringe Unglück, der existiert.

Bis ins 19. Jahrhundert wurden die Theater mit Gaslampen beleuchtet. Wenn die pfiffen, war das ein Hinweis auf entweichendes Gas und somit auf höchste Brandgefahr. Aber auch die Bühnentechniker damals, oft ehemalige Matrosen, verständigten sich auf dem Schnürboden über den Köpfen der Schauspieler mit Pfeifkommandos beim Wechsel der Bühnenbilder. Ein unbedachter Pfiff konnte Folgen haben. Schlimmstenfalls wurde ein Schauspieler von einer Kulisse erschlagen. Auf diese Weise möchte ich nicht aus dem letzten Loch pfeifen.

Bei meiner Pfeif-Recherche stiess ich auf weiteren Theater-Aberglauben: Trage auf der Bühne niemals deinen eigenen Mantel oder Hut. Iss niemals auf der Bühne, ausser es gehört zur Szene. Wasche nie dein Bühnenkostüm vor der Premiere. Sag niemals «Danke» auf ein «Toi, toi, toi». Auf Französisch sagt man übrigens nicht «Toi, toi, toi», man wünscht sich «Grosse merde» – was so viel heisst wie «grosse Scheisse». Das geht zurück auf die Pferdekutschen von damals. Je mehr Pferdemerde vor dem Theater, desto grösser das Publikum. Heute müsste man sich konsequenterweise «Viele Abgase» wünschen.

Ein weiterer Aberglaube aus dem Theater: Sag niemals in Bühnennähe «Macbeth». Der gleichnamige Klassiker wird im Theater stets nur «das schottische Stück» genannt. Google verrät, warum das so ist: «Um 1606 schrieb William Shakespeare sein Drama über den General Macbeth, einen jungen Aufsteiger, dem drei Hexen weissagen, dass er einst der König der Schotten würde. Das nimmt er zum Anlass, sein Schicksal mit skrupellosen Bluttaten, Tyrannei und aufkeimendem Wahnsinn in die Hand zu nehmen. Sein Name steht für Unheil, Verfall und Tod und ruft jenen Schauer vor dem Unbekannten, jene Ahndung einer nächtlichen Seite der Natur und Geisterwelt hervor, die ja dem Aberglauben an sich inne liegen. König James I. war nicht amused über

so viel übernatürliches und gewalttätiges Potenzial und verbot das Stück; die erste Aufführung ist erst 1611 belegt.»
Und dann gings erst richtig los. Während der Uraufführung starb der Knabe, der Lady Macbeth spielte, hinter der Bühne. Mehr als einmal wurde der Requisitendolch mit einem echten verwechselt. Eine Schauspielerin stürzte über die Bühnenkante in die Tiefe. Es gab herabfallende Gewichte, Theaterleiter, die vor der Premiere verschieden, Tod, Selbstmord und Gürtelrosen. Ein schauerlicher Fluch.
Ganz so schlimm waren die Pfeif-Folgen bei unserer Show in Luzern nicht. Zwar gingen in der Aufführung ein paar Sachen schief, vermutlich mehr als sonst, und wer weiss, vielleicht wollte uns Freddie an diesem Abend chli foppen – schliesslich hatte er auch zu Lebzeiten stets den Schalk im Nacken. Aber ich denke, es war nichts dergleichen. Denn ich bin nicht abergläubisch. Und ich sage Ihnen auch, warum: weil das Unglück bringt.

		8	Verstorbener		ERSTU ▶	
lat.: Hand		EMMOT ▶	G			**6**
			E		ACEGL ▶	
		dt. Popsängerin ▼	I	Kartoffelsorte ▶		
	AELLN ▶		S			
			T	langer, stabiler Stab ▼		EEFK ORR ▶
	Wettkampfklassen		pers. Herrschertitel ▼			schweiz.

KALT ERWISCHT

Nichts hält ewig. Diesmal hat die Tiefkühltruhe aus dem Keller ihre Stromfresseraktivitäten eingestellt und gemeinsam mit dem alten Haus das Zeitliche gesegnet. Und so kam es, dass ich mit meinem Mann abends im Internet Informationen einholte über mögliche Neuerwerbungen. Wir haben Preise verglichen und Litermasse studiert, Energiespar-Labels gegeneinander abgewogen und verschiedene Schubladensysteme erkundet. Wir haben mehrfach eine Schnäppligfrüri bei einem Onlinehändler angeschaut, um sie dann letzten Endes nicht zu bestellen. Zu gewagt, ein Onlinekauf in dieser Dimension. Und so gingen wir dann zum Händler aus Fleisch und Blut. Wir haben unsere Traumgfrüri bei ihm bestellt und ich hatte schon gar nicht mehr daran gedacht, als mein Mann in die Wohnung stürmte und sagte: «Du, die Schnäppligfrüri steht vor unserem Haus.» Augenblicklich lief es mir gefrierschrankkalt den Rücken runter. Hab ich die jetzt versehentlich online bestellt? Könnte ja sein. Irgendwo draufgeklickt und drei, zwei, eins – meins! «Ich hab die nicht bestellt. Ehrlich!» Sagte ich. Mein Mann sagte: «Bist du sicher? Weil: Sie steht vor unserem

Haus!» Meine Güte, schoss es mir durch den Kopf. Wie mach ich das rückgängig? So eine Gfrüri bringt man ja nicht einfach schnell wieder zurück. Vor allem nicht zurück ins Internet! Der Pöschtler wird keine Freude an mir haben. «Ich schwöre. Das kann nicht sein. Ich hab die nicht bestellt. Oder?» Mir war chli schlecht.

Es ist so eine Sache mit diesen Onlinebestellungen. Die werden nicht zwingend von der Post geliefert, sondern oft auch von den permanent unter Stress stehenden Kurierfahrern. Sie hetzen von Haus zu Haus, während ihre weissen oder gelben Busse in zweiter Reihe oder engen Querstrassen vor sich hin warnblinklen. Das letzte Mal hat einer geklingelt, und als ich die Tür öffnete, lag das Paket vor mir auf dem Boden und ich sah den Boten grad noch davonseckeln. Da wir momentan eine Baustelle zu Hause haben und somit keinen adäquaten Hauseingang, stehen die Pakete mal da und mal dort. Wir haben auch schon welche im Stall gefunden. Einmal, wir waren grad am Fuss des Berges, auf dem wir wohnen, kam uns von unten ein Kurier entgegen. Wir hielten und fragten, ob die Lieferung ächt für uns sei. Da strahlte der Kurier, schwang sich aus dem Bus und händigte uns das Paket aus. So musste er den Berg nicht hochfahren und hat Zeit gespart. Das war das erste Mal, dass ich einen Kurier lächeln sah. Das zweite Mal sah ich den gleichen Kurier lächeln, als ich ihn noch weiter unten kreuzte. Diesmal hatte er das Päckli bereits auf dem Beifahrersitz platziert. Das war ein lustiger Zufall.

Weniger lustig fand ich den Zufall mit der Schnäppligfrüri vor unserem Haus. Ich war noch immer fieberhaft am Überlegen, wie das hatte passieren können, als mein Mann anfing zu grinsen. Die Gfrüri gehört dem neuen Nachbarn. Der hat zufälligerweise just die Schnäppligfrüri bestellt, die wir uns immer angeschaut haben. Und weil der Kurier das Haus des Nachbarn offenbar nicht fand, hat er sie einfach vor unser Haus gestellt. Der wollte Feierabend. Und ich hab mich so erschrocken! Mein Mann neigt dazu, in solchen Situationen auch noch seine Spässchen zu machen und mich zu versecklen. Was nicht lustig ist – aber halt auch kein Scheidungsgrund. Also muss ich damit leben. Die nächste Lieferung für meinen Mann werde ich höchstpersönlich verstecken.

UND ES WARD LICHT

Ich mag Dinge, die eine Geschichte haben. Und dadurch einzigartig sind. Ausmisten ist für mich immer eine zeitaufwendige Sache. Ich lasse mir die Geschichten zu den Dingen durch den Kopf gehen und wäge ab, ob ich bereit bin, mich von ihnen zu trennen. Der Hausbau war diesbezüglich ein heilsamer Prozess. Unter anderem habe ich mir ein paar Tipps von der japanischen Aufräumkönigin Marie Kondo zu Herzen genommen. «Behalte nur Dinge, die dir Freude bereiten.» Und so habe ich mich von vielem getrennt. Trotzdem stehen wieder etliche Kisten voll Freude im neuen Keller. Alte Gegenstände oder Möbel, die man heute nicht mehr macht. Die sind einzigartig. Und davon trenne ich mich einfach schwer. Das ist nicht wie bei Ikea-Möbeln. Ikea-Möbel sind Dutzendware. Dachte ich.

Es gibt bei Ikea eine sehr grosse Lampe, die aussieht wie ein verblühter Löwenzahn. Oder, wie ich sage: Söiblueme. Die hat mir schon immer gefallen, diese Lampe. Sie wurde in jedem Ikea-Katalog in Szene gesetzt. Und als unser neues Haus fertig war, zog ich los, um so eine Söibluemelampe zu kaufen. Für unseren Gang im ersten

Stock. Dieser Raum geht sieben Meter hoch, bis unter den Giebel, und er ist darum perfekt für eine riesengrosse Söibluemelampe. Doch in der Ikea fand ich dann plötzlich die Lampe nicht mehr. Dort, wo sie sonst hing, hing eine, die sah mehr aus wie ein Kerbel. Ein sehr unschöner Kerbel noch dazu. Keine Söiblueme weit und breit. Ich erkundigte mich bei einer Mitarbeiterin. «Diese Lampe gibt es nicht mehr», beschied sie mir. «Was? Aber als ich vor zwei Wochen hier war, gab es sie noch!» Jetzt gebe es sie nicht mehr, sagte die Frau trocken. «Aber im Lager, dort habt ihr schon noch öppe eine, oder?», fragte ich vorsichtig. «Nein», war ihre Antwort. «Vielleicht in einem anderen Lager?» Die Mitarbeiterin bemühte ihren Laptop. Nein. Die Lampe ist ausverkauft. «In irgendeinem Lager auf unserem Planeten gibt es doch sicher noch so eine Lampe, oder?» Die Verkäuferin erklärte mir, dass die Lampe schon seit geraumer Zeit nicht mehr produziert werde. Und jetzt, jetzt sei sie eben: ausverkauft. Als sie meinen verzweifelten Gesichtsausdruck sah, schob sie noch nach, dass die Lampe zehn Jahre lang im Sortiment gewesen sei, imfau, und ich hätte jetzt zehn Jahre lang Zeit gehabt, diese Lampe zu kaufen. Ich erklärte ihr weinerlich, ich hätte blöderweise das Haus, das zur Lampe passt, erst diese Woche fertig gebaut. Da bekam sie doch noch Mitleid mit mir und sagte, die einzige Chance, die

sie noch sehe, wäre die hausinterne Fundgrube. Dort gebe es Ausstellungsmodelle oder Ware mit kleinen Fehlern. Vielleicht hätte ich ja Glück.
Das war mein Stichwort. Immerhin bin ich ein Sonntagskind. Also stapfte ich schnurstracks zu dieser Fundgrube, und als ich meine Söibluemelampe dort hängen sah, machte mein Herz vor Freude einen Gump. Glücklich torkelte ich, die letzte Riesenlampe der Welt umständlich vor mir herbalancierend, aus dem Geschäft. Zum Aufhängen der Lampe benötigten wir dann eine Leiter, einen Schwager, einen Neffen, ein Klettergstältli, ein Kletterseil und einen grossen, schweren Kollegen. Als Gegengewicht. Zum Sichern.
Letzterer übrigens ist der einzige Mensch, der die Lampe von der Estrich-Treppe aus mit blossem Arm erreichen kann. Somit werden wir ihn fortan zum Znacht einladen, wenn es die Birne in der Lampe gebutzt hat. Manchmal kommt auch Dutzendware zu einer einzigartigen Geschichte.

UNTERIRDISCHE KUNST

So ein neues Haus ist am Anfang schampar kahl. Und während ich beim Frühstück die weisse Wand im Wohnzimmer studierte, beschloss ich, mich umgehend um deren Dekoration zu kümmern. Ich zerrte die Schachteln mit den Zeichnungen unserer Kinder hervor und wählte aus ihren Frühwerken die wertvollsten heraus. Es sind abstrakte, kreative Bilder aus der Vorschulzeit, als die künstlerische Schaffenskraft noch unpädagogisiert sprudelte. Das ändert sich bei Schuleintritt. Ich erinnere mich an den Tag, an dem unser Sohn nach Hause kam und sich beklagte, sie hätten im Unterricht einen Elefanten malen müssen. Das sei öde. Ich erwiderte, das könne doch total spannend sein. Weil man ganz verschiedene Elefanten zeichnen könne. Getüpfelt. Oder gestreift. In Grün. Oder auch in Blau-Gelb. «Nein», sagte mein Sohn mürrisch. Sie mussten alle einen grauen Elefanten malen, weil die Lehrerin gesagt habe, ein Elefant sei immer grau. Mir blutete das Herz.
Umso mehr freute ich mich über die bunten, wirren Bilder, die aus den Schachteln hervorkamen. Die wollte ich zu einer Bilderwand zusammen-

stellen. Also ging ich in die Brockenstube meines Vertrauens und erstand dort Bilderrahmen in allen erdenklichen Variationen. Zu Hause wurden die Rückwände herausgetrennt und die Scheiben geputzt. Ich schnitt Passepartouts zurecht und entwickelte eine Technik, die Rückwände anschliessend wieder mit Nägeln zu befestigen, ohne die Scheiben zu zerschlagen. Einrahmerin – das wäre ein Beruf für mich. Das gefällt mir.

Es ist toll, einer flüchtigen Zeichnung einen anderen Status zu verleihen, indem man sie in einem Rahmen präsentiert. Ich vermute, dass das der eigentliche Ursprung der modernen Kunst ist. Als der Herr Pollock in einem Anflug von Tollpatschigkeit über seine offenen Farbeimer stolperte und sich hernach die ganze Farbe unkontrolliert über die Leinwand ergoss, hat er aus der Not eine Tugend gemacht. Er hat das farbverspritzte Bild hübsch eingerahmt, und seither nennt man das «abstrakten Expressionismus». Auch unsere Kinder sind grosse Künstler – was ich mit dieser Bilderwand aller Welt präsentieren wollte. Ich musste die gerahmten Werke nur noch montieren. Und da wurde es schwierig.

In so eine jungfräuliche, akkurat verputzte Wand einen Nagel einzuschlagen, das kostet viel Überwindung. Aufs Geratewohl hin loszulegen, erschien mir keine gute Idee. Also nahm ich die Bilder und zog ihre Umrisse auf Packpapier nach.

Damit ich sie auseinanderhalten konnte, skizzierte ich die jeweilige Kinderzeichnung sorgfältig aufs Papier und schnitt sie aus. Von jedem einzelnen Bild hatte ich am Ende einen Platzhalter im selben Format erstellt. Dann ging es ans Hängen. Damit es nicht unordentlich wirkt, muss man gewisse Regeln beachten. Sagt Google. Da wäre beispielsweise eine Ausrichtung nach Oberlinie oder Unterlinie. Es geht auch rechts- oder linksbündig. Oder man arrangiert frei um das grösste Bild herum. Fein säuberlich montierte ich die Packpapier-Platzhalter mit ablösbarem Klebeband an der Wand. Mithilfe einer Wasserwaage brachte ich alles in geordnete Bahnen und betrachtete im Anschluss mein Werk. Es sah wunderbar aus. Eine Pracht. Ein gekonnt arrangiertes, farblich abgestimmtes Gesamtkunstwerk. Ich nenne es «Skizzen auf Packpapier».

Die gerahmten Kinderzeichnungen hab ich in den Keller gehängt.

					in Ind
		Kunst-stoff		Werbung	
	röm. Statthalter in Judäa	A			
		R		in Reichweite	
		T	1. Person Präsens von sein		

ES RENNT

Mein Tag begann grossartig. Die Sonne schien durch die Fenster, und so wie es aussah, hat sich der Frühling doch noch herbeibequemt. Gleich nach dem Aufstehen zog ich die Joggingklamotten an. Heute würde ich etwas für meine Fitness tun. Laufen. Im Wald. Aber zuerst: Kafi. Ohne Kafi geht bei mir nichts. Nach der vierten Tasse beschloss ich, vor dem Laufen noch ein wenig an der neuen Kolumne zu arbeiten. Die Kinder waren in der Schule und mein Mann draussen am Schaffen, als ich das Frühstück abräumte. Dabei sah ich, dass die Küchenoberflächen vertöpelt waren, nahm einen Lappen und putzte kurz drüber. Und weil ich schon dabei war, wusch ich auch noch das Abflusssieb und den Stöpsel beim Brünneli. Die hatten es nötig.

Ich polierte gerade das Chromstahlbecki, als das Telefon klingelte. Mein Bürofrölein hatte zwei Fragen, ich setzte mich an den Laptop. Nachdem sie die dringenden geschäftlichen Fragen geklärt hatte, plauderten wir noch kurz und ich erzählte ihr, ich würde heute die grosse Runde joggen. Dann legte ich auf. Da ich schon vor dem Laptop sass, checkte ich noch geschwind meine E-Mails und beantwortete zwei davon. Hernach ging ich kurz durch die sozialen Medien und fotografierte meine Joggingschuhe, um dem Internet mitzuteilen, dass ich jetzt dann gleich joggen gehen würde. Es wurde mir von allen Seiten gratuliert, ich bekam ein paar Herzli für mein Vorhaben und fing an, die kommentierten Kommentare zu kommentieren. Als ich mich auf den Weg machen wollte, fiel mein Blick auf die Sommerhose, die neben dem Laptop lag. Ich hatte sie dort parat gelegt, weil ich beim Bund etwas umnähen wollte. «Das mach ich jetzt grad noch schnell», dachte ich. «Sonst bleibts wieder liegen.» Nach dem Mittagessen nähte ich drauflos, allerdings musste ich vorher bei meiner Mutter im Nachbarhaus Garn in der richtigen Farbe holen. Auf dem Weg zu meiner Mutter lief ich an der Garderobe vorbei. Dort stellte ich die Schuhe korrekt ins Gestell und sortierte die Wintermäntel aus. Jetzt, wo Frühling ist. Ich brachte sie in den Schrank im Estrich. Nachdem ich auch die Winterschuhe aussortiert und die Handschuhe und Mützen im Keller verstaut hatte, schnurpfte ich die Hose – und nähte bei dieser Gelegenheit die Kissenbezüge kleiner, die ich zu gross gekauft hatte. Um zu gucken, ob sie passen, zog ich das Bett frisch an. Es passte. Die Betten der Kinder zog ich ebenfalls frisch an, das war eh längst fällig. Nachdem ich das Bad geputzt und den Boden gesaugt hatte, war ich parat, um loszurennen.

Gleich nach dem Abendessen würde ich gehen. Ich wusch den Salat, deckte den Tisch und würzte die Koteletts. Als die Kinder fragten, warum ich denn in Sportbekleidung kochen täte, schüttelte ich nur den Kopf. «Was für eine dumme Frage», gab ich zur Antwort. «Weil ich gleich nach dem Znacht joggen gehe, dänk!» Nach dem Essen fragte ich dann erst noch die Tochter in Englisch ab und ging anschliessend die Post durch. Die eine Mahnung hab ich subito bezahlt, per Onlinebanking, damit es nicht erneut vergessen geht. Im Internet gefiel mittlerweile hundertfünfundzwanzig Leuten, dass ich jogge. Das war vor drei Tagen. Heute sind es schon über zweihundert. Die Familie hat sich an meine Joggingkleider gewöhnt. Sie stellen keine Fragen mehr. Sie wissen, ich werde jeden Moment losrennen. Sobald ich nicht mehr am Secklen bin.

HYPERVENTILIEREN

Mit der Hitze kam der Wunsch nach Abkühlung. Da gibt es verschiedene Möglichkeiten. Ich mag es, wenn ein Lüftchen weht. Darum besitze ich einen hübschen Handfächer, mit dem ich manuell so ein Lüftchen herstellen kann, was aber auf die Dauer anstrengend ist. Ich wollte eine Alternative. Idealerweise einen muskelbepackten eingeölten Halbnackten, der mir mit einem grossen Palmwedel Luft zufächert und mich zwischendurch mit Trauben füttert. Leider hab ich so was nicht. Mein Mann weigert sich.

Also musste ich mich mit der weitaus weniger attraktiven Variante zufriedengeben: dem elektrischen Ventilator. Wir haben drei Stück. Einen grossen Standventilator und zwei kleinere Tischventilatoren. Die haben wir uns mal in einem Hitzesommer angeschafft und waren seither oft froh um sie. Als wir das Haus abrissen und vorübergehend nach Willisau City umzogen, nahmen wir die Ventilatoren mit. Und wir haben sie auch wieder ins neue Haus zurückgezügelt. Dachte ich ömu. Als vor Kurzem die Nächte tropisch wurden, ging ich los, um die Ventilatoren aus dem Keller zu holen. Ich fand jedoch nur den grossen. Die

beiden kleinen waren unauffindbar. «Kann nicht sein», dachte ich und suchte das ganze Haus nach den beiden ab. Nichts. Ich fragte meinen Mann. Ja, die seien nöimen ... wo nur? Er sehe sie vor seinem geistigen Auge. Die seien ganz sicher da.
Ich also noch mal los, das ganze Haus nach den Ventilatoren absuchen. Nichts. Haben wir sie in Willisau City vergessen? Haben wir sie verliehen? Verschenkt? Weggeworfen? Hat der grosse Ventilator die kleinen gefressen? Nachdem sie einfach nicht zum Vorschein kamen, musste ich davon ausgehen, dass ich sie während einer meiner Wer-braucht-schon-so-viel-Zeugs-Phase in die Brocki gegeben habe. Und mein Mann ist auf seinem geistigen Auge offenbar blind. Schlechten Gewissens ging ich los, um neue Ventilatoren zu kaufen. In der Landi wurde ich fündig. Für vierzig Franken gabs gleich zwei Stück, mit je fünf Jahren Garantie. Fünf Jahre! Ich stellte mir schon vor, wie ich die Party zu meinem 45. Geburtstag in den Sommer verlege. Und dass es dann sehr heiss sein würde, so wie jetzt. Wenn dann die Ventilatoren nicht mehr laufen – kann ich die in die Landi zurückbringen und bekäme zwei neue. Die ich dann zur in den Sommer verlegten 50. Geburtstagsfeier erneut hervorkramen könnte. Wahnsinn. Eine Leserin hat mir mal geschrieben, ihre 80-jährige Mutter habe in der Migros eine Salatschleuder für 14 Franken 90 gekauft – mit einer 30-jährigen

Garantie. Die Mutter wird also an ihrem 120. Geburtstag auf jeden Fall noch selbst geschleuderten Salat servieren können.

Als ich mit meinen beiden 5-Jahres-Ventilatoren zu Hause ankam, sah mich mein Mann tadelnd an und schickte mich in den Keller. Ich solle mich noch mal genau umsehen. Im Keller angekommen, gafften die beiden Ventilatoren hämisch grinsend vom Schrank herunter. Es erwies sich als Fehler, ausschliesslich im Schrank zu suchen und dabei nicht hochzuschauen. Man muss dazu allerdings sagen: Ich bin noch nicht gewohnt, dass etwas auf einem Schrank stehen kann. Im alten Haus mit den niedrigen Räumen gab es nie Platz zwischen Schrank und Decke. Nun haben wir also volle fünf Ventilatoren, und ich kann Ihnen sagen: Es bläst mich fast vom Stuhl beim Schreiben dieser Kolumne. Ich kann mich manchmal nur mit Müh und Not an der Tastatur des Computers festhalll jt ijkl- p pppppppppppppppppp

FUSSELFREI

Ich bin stolze Besitzerin eines knallroten Wollpullovers. Der besteht zur Hälfte aus Kaschmir und war dementsprechend unpreiswert. Sogar im Ausverkauf. Aber es hat sich gelohnt. Mein roter Pullover und ich sind glücklich miteinander, und ich hoffe, dass er mich noch lange wärmen und schmücken wird. Allerdings ist Kleidung eine vergängliche Freude. Und die Stücke, die man am liebsten hat, altern am schnellsten. Daher trage ich Sorge zu meinem roten Pullover. Ich wasche ihn im Wellness-Woll-Waschgang und mit einem für ihn angeschafften Wollwaschmittel. Trotzdem hat er inzwischen Fussel. Die entstehen – ich habs gegoogelt – überall dort, wo mechanischer Abrieb einsetzt. Unter den Armen zum Beispiel. Man nennt das in der Fachsprache «Pilling».

Es gibt zwei Möglichkeiten, gegen die Fussel anzukommen: sich nicht mehr zu bewegen – oder die Fussel von Zeit zu Zeit wegzumachen. Letzteres scheint mir die bessere Variante, und so ist es mir zur Gewohnheit geworden, in jeder freien Minute Fussel vom Pulli zu zupfen. Wenn ich zum Beispiel Zeitung lese, liegt in meiner Nähe stets ein kleines rotes Fusselhäufchen. Irgendwann fiel mir ein: Meine Mama hatte mal so ein Gerätli, mit dem man die Fussel wegrasieren konnte. Das wäre doch praktisch!

Ich machte mich auf die Suche. Erfolgreich. Das Gerätli nennt sich «Fusselrasierer» und es gibt ihn in jedem grösseren Supermarkt. Ich stand unschlüssig vor dem Gestell. Es gibt einen kleinen Minifusselrasierer und eine Maxifusselfräse. Ich entschied mich für das Einsteigermodell: die Miniaturausführung. Handtaschenkonforme Dimensionen, batteriebetrieben. Natürlich habe ich das auch noch gegoogelt. Es gäbe viele weitere Ausführungen des Fusselrasierers. Mit Netzanschluss, mit Akku, mit grossem Scherkopf, mit ergonomischem Griff.

Doch ich war zufrieden mit meiner Neuerwerbung. Der Scherkopf des Gerätlis besteht aus einem rotierenden Klingenaufsatz, der mit einem Schutzgitter verdeckt wird. Die Fussel vom Pulli ragen durch das Gitter, werden dort von der rotierenden Klinge abgeschnitten und in einem Fusselbehälter aufgefangen. Das Geräusch, das während dieses Prozesses entsteht, verursacht bei mir Glücksgefühle. Und der kleine Fusselberg nach so einer Rasur ist schlicht entzückend. Mein roter Pullover sieht wieder aus wie neu. Ich bin begeistert. Seither ist der Fusselrasierer mein steter Begleiter. Und ich bin Mitbegründerin der Anti-Fussel-Bewegung. Fusselrasierer und ich kämpfen

Seite an Seite gegen Fussel jeder Art. Ich bin die Fussel-Woman, die Superheldin im roten Pullover, die unerschrockene Kämpferin gegen Fussel. Mein Credo: Jeder Pulli ist es wert, entfusselt zu werden!

Wenn im Zug jemand schläft, der einen Fusselpulli trägt, rasiere ich heimlich an ihm herum. Ich glaube nicht, dass das legal ist. So wurde ich wegen des Fusselrasierers gar zur Gesetzlosen. Und zur Fachfrau. Ich weiss alles über die Materie. Fussel und Flusen sind nicht das Gleiche. Imfau. Flusen, im Gegensatz zu Fusseln, sind keine Eigenproduktion des Textils. Flusen bezeichnen den staubartigen Abrieb von Stoffen. Sie bleiben an einem Mantel haften, wenn er in der Garderobe neben einem anderen Textil hängt. Und eine Ableitung von Flusen sind die Flausen, die man im Kopf hat. Der Rasierer für dieses Phänomen wurde noch nicht erfunden.

ABFUHRMITTEL

Unsere abgelegene Wohnlage bringt gewisse Abnormitäten mit sich. Beispielsweise bei der Müllabfuhr. Andere Leute stellen den Güselsack einfach vor ihrem Haus an die Strasse. Wir laden ihn ins Auto und bringen ihn zum Fusse des Berges, an die Grenze zur Zivilisation. Die liegt genau 1,4 Kilometer und 136 Höhenmeter von unserem Haus entfernt. Dort deponieren wir den Güselsack neben den Säcken der anderen Nachbarn. Müllabfuhr ist bei uns am Freitag. Für die Abholung gibt es allerdings keine verlässliche Uhrzeit. Mal kommt der Lastwagen am Morgen früh, mal kommt er erst am Nachmittag. Auf alle Fälle ist er immer schon weg, wenn ich mal später dran bin. Ich glaube langsam, die machen das extra. Den Sack bereits am Vorabend zu deponieren, ist keine Option, da Katzen und Füchse den Inhalt über Nacht feierlich in der ganzen Strasse verteilen würden.

Unsere Güselsituation bringt mich darum manchmal in eine missliche Lage. So wie heute Morgen. Ich brachte unseren fasnächtlich verkleideten Bub mit dem Auto zur Schule. Die Abreise war etwas überstürzt. Ich eilte zum Auto, lud den Fasnächtler ein und rauschte los. Geistesgegenwärtig nahm ich auch gleich den Güselsack mit, um ihn am Fusse des Berges zu deponieren. Doch ich war zu spät. Ich sah weit und breit keine Güselsäcke mehr, die Müllabfuhr war schon wieder weg. Ich lieferte den Fasnächtler ab und ging mit meinem Güselsack im Auto auf die Pirsch. Ich hatte keine Lust, den Sack eine Woche lang zu hüten, und so kurvte ich durch Willisau und hielt Ausschau nach einem Plätzchen, wo noch Güselsäcke standen. Dort würde ich dann meinen Sack dazustellen. Als ich meinen Sack das letzte Mal auf diese Weise fremdplatzierte, kam just in dem Moment der Hausherr aus der Tür. Er lief auf mich zu mit den Worten «So aber nicht!» und ich fürchtete schon, er wolle mich samt Güselsack verjagen. Aber er wies mich bloss darauf hin, dass ich den Sack, wenn schon, gefälligst nicht halb aufs Trottoir stellen solle. Er verschob meinen Güsel demonstrativ um ein paar Zentimeter und verschwand wieder im Haus. Es wird überhaupt nicht geschätzt, wenn man seinen Güsel vor fremde Häuser stellt. Ich kam mir merkwürdig kriminell vor. Von diesem Tag an suchte ich mir die Güsel-Fremdplatzierungs-Orte sorgfältiger aus. Obwohl es meines Wissens nicht illegal ist, einen ordnungsgemäss gebührenmarkierten Sack vor ein fremdes Haus zu stellen – es fühlt sich illegal an.

Den idealen Entsorgungsplatz zu finden, ist denn auch nicht so einfach. Meist liegen die Säcke an viel befahrenen Strassen. Dort anzuhalten und einen Sack unbemerkt dazuzustellen, ist schier unmöglich. Und man wirkt wie eine Abfalltouristin aus den Neunzigerjahren. Doch dann fand ich den idealen Platz: einen verwaisten Müllcontainer, daneben zwei Säcke, in der Nähe des Schulhauses, wo um diese Zeit niemand mehr war. Ich hechtete aus dem Auto und stellte meinen Güselsack dazu. Erst beim Einsteigen bemerkte ich den vollen Reisecar auf der anderen Strassenseite und die vielen Eltern, die ihre Kinder dort fürs Skilager abgeliefert hatten.

In diesem Moment bereute ich, dass ich wegen der überstürzten Abreise am Morgen nur Finken und Pyjama trug. Zum Glück war Fasnacht.

MACH ICH GLATT

Ich mag Arbeiten, bei denen das Resultat am Schluss sichtbar vor mir liegt. Glätten ist so eine Arbeit. Zuerst hat man einen Korb voll aufgehudelter Kleidungsstücke, und danach hat man einen Tisch voll akkurat zusammengefalteter Wäsche. Das gibt mir ein gutes Gefühl. Dazu kommt, dass Glätten eine sehr meditative Arbeit ist. Ich weiss das je länger, je mehr zu schätzen. Man kann die Gedanken schweifen lassen. Unten dampfts, oben denkts. Nie hätte ich gedacht, dass ich daran mal so viel Gefallen finden würde.
Damals, im Welschlandjahr, war Glätten für mich die reinste Qual. Vermutlich, weil ich mit sechzehn noch nicht um die Vorzüge des Denkens wusste. Es lag aber sicher auch daran, dass der Patron und seine Söhne immer Hemden trugen. Sie trugen Hemden im Stall, sie trugen Hemden in der Freizeit – ja sogar am Sonntag trugen die Hemden! Und ich musste die alle glätten. Dass ich da ohne Trauma davonkam, ist ein Wunder. Denn, wie gesagt, jetzt macht mir das Glätten Freude. Genauso wie die Sache mit den Socken.
Wir haben ein Körbli für die Socken-Singles, die ihren Partner unter mysteriösen Umständen beim

Waschen verloren haben. So ein Socken-Single muss bei uns die Hoffnung nie ganz aufgeben. Wenn ich beim Zusammenlegen der Wäsche auf eine Einzelsocke stosse, suche ich im Körbli nach dem passenden Partner. Und wenn ich den dort tatsächlich finde, wird das ausgelassen gefeiert und wir tanzen den Sockenpaarungstanz. Die Wiedervereinigung von Socken setzt bei mir einen Schwall Endorphine frei. Ist es nicht ein Geschenk, wenn man sich über solche Sachen freuen kann? Gerade wenn man im Leben sonst nicht so viel zu lachen hat, sind es die kleinen Dinge, die sich zum grossen Glück summieren. Seit mir das bewusst ist, freue ich mich jeden Morgen unbändig über den Geruch von frisch gebrühtem Kaffee. Ich kann mich auch über eine farblich korrekt eingeräumte Farbstiftschachtel freuen. Oder über die dreckige Unterhose neben dem Wäschekorb, denn: Sie ist immerhin fast drin. Als Sonntagskind zelebriere ich den grenzenlosen Optimismus. Bei mir ist das Glas stets halb voll. Und ich schenke auch gerne noch ein wenig nach.

Momentan aber wird mein Optimismus auf die Probe gestellt. Ich leide unter Zahnschmerzen. Und dem kann selbst ich nichts Positives abgewinnen. Obwohl ich mich über jeden Zahn freue, der mir gerade nicht wehtut, so lässt sich nicht leugnen, dass der eine Zahn, der schmerzt, diese Freude trübt. Zudem habe ich panische Angst vor meiner Zahnärztin. Nicht, weil sie nicht nett wäre. Aber das, was sie macht, ist nicht so nett. Und die Rechnung, die darauf folgt, ist amigs auch kein Grund zur Freude. Das einzig Positive: Ich bin mit diesem Problem nicht allein. Und geteiltes Leid ist halbes Leid.

Ich kenne sehr viele Leute, die Angst vor dem Gang zum Zahnarzt haben. Zum Beispiel der Solomicky, der stellvertretende Chefredaktor der «Schweizer Familie». Der weigert sich beharrlich, zum Zahnarzt zu gehen. Und den tu ich jetzt bearbeiten. Ich habe ihm gesagt, er müsse es halt positiv angehen. Und wenn er sich dann mal überwunden habe, würde es ihm danach viel, viel besser gehen. Genützt hat es nichts. Der Solomicky hat nicht nur eine Zahnarzt-Phobie, er ist auch immun gegen Optimismus. Und wahrscheinlich kann er nicht mal glätten.

ABGESCHNITTEN

Ich habe einen neuen Beruf gefunden. Ich wechsle in die Lebensmittelbranche. Ausgelöst wurde diese professionelle Neuorientierung durch einen Cremeschnittenkauf. Das Lieblingsdessert unserer Tochter. Ihr Vater wollte ihr eine Freude bereiten und brachte ihr ein solchiges nach Hause. «Sind die kleiner geworden?», fragte ich beim Blick ins Schachteli, «oder habe ich das falsch in Erinnerung?» Natürlich fackelte ich nicht lange und zückte den Doppelmeter. 3,5 Zentimeter breit. Müssten das nicht eher 4 sein? «Vielleicht war deine letzte Schnitte aus einer anderen Bäckerei», spekulierte meine Tochter, während ich «Standardbreite Cremeschnitte» googelte. «Oder aus einem anderen Jahrzehnt», bemerkte mein Mann.

Ich entschied mich, der Sache auf den Grund zu gehen, und zog los, um mir in jeder Willisauer Bäckerei eine Cremeschnitte zu posten. Zu Vermessungszwecken. Mein Sohn begleitete mich und fungierte als Forschungsassistent, indem er die Namen aller fünf Bäckereien auf einen Notizblock schrieb und hinter jeden Namen ein kleines Quadrat malte. Zum Abhaken. Wir schafften vier.

Beim fünften Beck gab es an diesem Tag keine Schnitte. Ich strich den Namen der Bäckerei schwungvoll durch; selber tschuld. Zu Hause wurde jede einzelne Schnitte vermessen und gewogen und alle Daten wurden gewissenhaft in eine Tabelle eingetragen. Dann folgte die Degustation. Jedes Familienmitglied erhielt einen Testess-Fragebogen, auf welchem Teig, Zuckerguss, Creme, Optik und Gesamteindruck mit Punkten zu bewerten waren. Ich zerstückelte die Cremeschnitten fachfrauisch und versah sie mit Nummern, damit der Test «blind» stattfinden konnte. Die eruierten Daten und Bewertungen wurden dann von mir persönlich noch mal durchgerechnet und kontrolliert, zum Schluss erstellte ich zusammen mit der Tochter eine Rangliste.

Die Auswertung unseres Cremeschnittentests wurde dann in der Stube von der Tochter feierlich verkündet. Über das Haarbürstenmikrofon. Später telefonierte ich mit meinem Bürofröhlein und erzählte ihr vom Test. Sie wollte wissen, wie denn ihr Lieblingsbäcker abgeschnitten habe, denn dieser mache die mit Abstand besten Cremeschnitten in ganz Willisau. Blöderweise war ihr Favorit der fünfte Beck. Jener, der uns die Cremeschnitte schuldig blieb. Dann sei das Testergebnis nichtig, protestierte das Bürofröhlein. Betrug sei das, so gehe es ja wohl nicht. Und sie äusserte starke Zweifel an der Glaubwürdigkeit von mir als

Studienleiterin. Auf dem Gebiet der Cremeschnittologie sei ich als Fachfrau so nicht tragbar.
Das sah ich ein. Am nächsten Tag ging ich erneut nach Willisau, um – im Namen der Wissenschaft – eine fünfte Cremeschnitte zu posten. Und ich bekam sie. Endlich konnte ich meine Forschungsarbeit vervollständigen. Doch als wir zur Degustation schritten, protestierte die Tochter, sie habe dann öppen genug, sie könne keine Cremeschnitten mehr sehen, das sei wirklich die letzte, die sie esse. «Forschung ist kein Zuckerschlecken», sagte ich, und servierte die Schnittchen. Alles in allem bin ich recht zufrieden mit den Testergebnissen. Obwohl sie weniger über die Qualität der Cremeschnitten aussagen, sondern viel mehr über die unterschiedlichen Geschmäcker und Vorlieben innerhalb einer Familie. Zudem führten meine Studien zur Erkenntnis, dass grösser nicht in jedem Fall besser ist und kleiner nicht zwingend günstiger. Sollten Sie, geschätzte Leserinnen und Leser, wissen wollen, wer in Willisau die besten Cremeschnitten macht: Ich kann Ihnen das Durchdegustieren sehr empfehlen.

frz.: Gold ►			chen im Kt. BE		aktive Halb- affen	
Delega- tion, Ab- ordnung		dt. Krimi- autorin (Ingrid) ►	▼		▼	
↳						
Luzerner Haus- berg		lat.: Gesetze		Abk.: Monat ►		
↳ W	A	E ▼	S	C	H 8	E
noch nicht benutzt	►		giftige Baum- schlange			Lappe
Blumen- steck- kunst	oriental. Ober- gewand	frz.: meine Mz. ►		▼		▼
↳	▼					
Zch. 1			Sohn v.		Online-	

SINGLESOCKEN

Ich habe mich mit dem Paarungsverhalten der gemeinen Socke auseinandergesetzt. Und zwar sehr intensiv. Das Auftreten von Einzelsocken ist nichts Neues. Immer mal wieder gibt es Socken, die partnerlos im Wäschezimmer landen. Die verfrachte ich in eine Single-Kiste. Jedes Mal, wenn wieder eine Einzelsocke auftaucht, wird in der Single-Kiste nach einem passenden Partner gesucht. In unserem Wäschekorb waren in letzter Zeit jedoch wesentlich mehr partnerlose Socken als sonst. Diesem Phänomen wollte ich nachgehen. Dazu legte ich mich beim Wäschekorb auf die Lauer und beobachtete das Verhalten der ankommenden Socken.

Wie vermutet, trafen die Socken nicht paarweise beim Wäschekorb ein, sondern allein. Die Trennung der Sockenpaare musste somit bereits vor dem Wäschekorb erfolgt sein. Was mich erstaunte, denn ich hatte den Sockentrennungsgrund bisher eher in der Waschmaschine vermutet. Ich nahm die Ermittlungen auf und rekonstruierte die Spur einer schwarzen Sportsocke, die allein beim Wäschekorb angekommen war. Im Zimmer des Sohnes wurde ich fündig. Neben der passenden schwarzen Sportsocke fand ich auch noch eine hellblaue, eine blaue, eine dunkelblaue, eine grau-schwarz gepunktete und eine ehemals weisse Socke unter dem Bett. Allesamt ohne auffindbaren Partner, dafür in Gesellschaft von Staub und Wollmäusen.

Nun hatte mich der Ehrgeiz gepackt. Ich holte mir die Single-Kiste aus dem Wäschezimmer und fing an, die passenden Socken zusammenzusuchen. Mein Mann eilte mir zu Hilfe und gemeinsam gründeten wir eine Socken-Partnervermittlung. Wir verschrieben uns dem Kampf gegen einsame Socken. Wer nicht in der Single-Kiste zu finden war, wurde zur Fahndung ausgeschrieben und hausweit gesucht. In Sporttaschen und Schubladen, Schränken und zwielichtigen Ecken.

Ob der Sockenthematik vergassen wir, dass da auch noch andere Wäsche war, die gewaschen werden musste. Der Berg wuchs und wuchs. Die Kinder liefen afig in Kleidern herum, die wir noch nie gesehen hatten, weil sie sie aus den hintersten Ecken ihrer Schränke hervorkramten. Es geschah, dass die Tochter stundenlang das gleiche Outfit trug, wo sie das sonst mehrmals am Tag wechselt. Als der Bub eines Morgens in der Badehose zur Schule wollte, weil nichts anderes mehr sauber war, ergriff mein Mann die Initiative und fing an, die Wäscheberge zu waschen. Allerdings ist es äbe mit dem Waschen allein nicht gemacht. Im

Glettizimmer erhoben sich neue Berge, diesmal mit gewaschener Wäsche. Auf der Suche nach frischer Unterwäsche und sauberen T-Shirts wühlte sich der Bub durchs Wäschegebirge, und weil das einiges an Zeit kostete, musste er immer früher aufstehen. Dafür hatten wir nun – und darauf waren wir sehr stolz – sämtliche Socken gepaart. Man kann sich mein Entsetzen vorstellen, als eines Morgens die Tochter dennoch mit zwei unterschiedlichen Socken an den Füssen beim Frühstück erschien. «Das kann nicht sein», rief ich aus. «Wir haben sie alle gepaart. Warum trägst du ungleiche Socken?» Die Tochter zuckte mit den Schultern und erklärte uns, dass man mal wieder sehe, wie wenig Ahnung wir von Mode hätten. Das trage man jetzt so. Nur Spiesser und Gruftis tragen zueinander passende Socken.

ZEITELKEIT

Die Agenda auf seinem Handy sei zu klein, reklamierte mein Mann. Wie wahr, meine Agenda ist ebenfalls zu klein. Viel zu wenig Tage für viel zu viele Projekte. Wie kam der Erfinder der Zeitrechnung damals nur auf die Idee, dass 365 Tage reichen? Bei nur 24 Stunden pro Tag ergibt das pro Jahr lächerliche 8760 Stunden. Davon verschläft man über 2500 – ich sogar noch wesentlich mehr. Bleiben läppische 6000 Stunden und ein paar zerquetschte für den Wachzustand. Pro Jahr!

Das mag zum Zeitpunkt der Zeitrechnungserfindung genügt haben, aber heutzutage kommt man damit doch nicht mehr durch. Man müsste das ganze System mal endlich erneuern. Man müsste die Zeitrechnung zeitgemässer machen. So ein Jahr müsste inzwischen so um die 500 Tage haben. Das kann man doch sicher einrichten. Wir haben die Schwerkraft erfunden. Wir sind auf dem Mond gelandet. Wir haben den Reissverschluss entwickelt! Da sollte es doch möglich sein, den Lauf der Sonne ein wenig zu verlangsamen.

So vierzig Stunden pro Tag fände ich angebracht. Dann würde man auch nicht mehr so schnell altern – das ist ja grauenhaft. Je länger ich lebe, desto kürzer werden die Jahre, desto schneller vergeht die Zeit. Schaue ich unsere Kinder an, kommt es mir vor, als finge sie an zu rasen, die Zeit.

Mein Mann unterbrach meine Gedankengänge und erklärte, nicht die Agenda sei zu klein – die Ansicht von seiner Agenda, die sei zu klein. Auf dem Handy. Bei dieser Schriftgrösse könne man die Termine kaum lesen. Ach so. Nun, da müsse er halt auf die Senioreneinstellung wechseln. Dann ist die Schrift viel grösser und damit auch für ihn wieder lesbar. «Senioreneinstellung?», mötzelte er, ob ich denn eigentlich wisse, wie jung er sei. 42! Da brauche man doch keine Senioreneinstellung. Ich erklärte ihm, da dürfe er jetzt nicht beleidigt sein. Das sollte man nicht zu wörtlich nehmen. «Senioreneinstellung» heisse das nur, weil «Leute-im-besten-Alter-Einstellung» zu sperrig klingt. Im Fussball übrigens gehört man bereits mit 32 Jahren zu den Senioren. Mein Mann, mit über 40, wäre gar ein Veteran. Ich überlege gerade, wie man Fussballer über 50 nennt. Antiquitäten?

Diese letzte Bemerkung hat mein Mann bereits nicht mehr gehört, er hat das Zimmer verlassen. Um seine Brille zu suchen. Zum Glück bin ich entspannt im Umgang mit dem Älterwerden. Ich stelle fest: Da sind nicht alle so locker drauf. Vorwiegend die Jungen tun sich schwer damit. Das Alter kommt leise. Und schleichend. In meinem näheren Umfeld sind plötzlich alle älter geworden, vor allem in den letzten Jahren. Mein kleiner Bruder beispielsweise, der ist jetzt grau. Meine Mama seit Neustem pensioniert. Und mein Mann, der ist ein Senior. Genau genommen sogar ein Veteran. Es scheint, als wäre ich hier die Einzige, die nicht altert. Gut, auch ich muss inzwischen ein wenig rückenturnen am Morgen. Das ist aber eher zur Vorbeugung gedacht. Prophylaxe. Dass ich neuerdings ein Mittagsschläfchen halte, ist mehr so ein Lifestyle-Trend – das macht man heutzutage. Powernapping. Dass auch ich älter werde, zeigt sich nur darin, dass ich einen alten Mann habe.

Ich habe ihn schliesslich getröstet und ihm gesagt, es ist keine Schande, wenn man beim Handy auf die Senioreneinstellung wechseln muss. Das ist der natürliche Lauf der Dinge. Irgendwann werde auch ich das machen müssen. Jetzt natürlich noch nicht. Dafür bin ich nun wirklich noch viel zu jung.

	Verbrechen	... über			Zeitspanne	
			scharfe Kurve	ADOSV ►		
	Bestellungen	Mass d. Goldlegierung ►	B		7	
utter Marias			U	Stern in der Leier		ERRSU
ehag- ch aus- uhen: sich ...		hoher Marine- offizier ▼	S	Gross- räumig- keit		
			E			Heldin Tristan sage
► nicht schlecht	Mittel- loser ▼		N	mexikan. Malerin † 1954 (Frida)		Indianer in Süd- amerika
see- männ.: Gezeit				karge Land- schafts- form ►		
AAC GIL		Internet- kürzel Kanada			Flächen- mass	Brg im Kt. GR: Piz ...

NICHT GANZ 40

Mein Mann hatte keine Freude an der letzten Kolumne. Ich schrieb, wie ich ihm damals die Senioreneinstellung am Handy empfahl, weil er – etwas in die Jahre gekommen – seine Agendaeinträge nicht mehr lesen konnte. «Weisst du, was am schlimmsten ist an dieser Kolumne?», fragte er mich und hielt die «Schweizer Familie» theatralisch in die Höhe. «Dass du mich älter machst, als ich bin! Wenn hinter deinem Namen eine 39 steht», er wedelte mit dem Heftli herum, «dann bin ich auch erst 41. Nicht 42. Imfau.»

Nun, ich war zu diesem Zeitpunkt bereits vorgewarnt. Offenbar hatte ich es zu weit getrieben. Das Alter scheint ein heikles Thema zu sein. Vor allem für Männer. Mein Brieffreund Oskar, bald 85, der jede Kolumne gewissenhaft analysiert und mir dann seine bisweilen recht bissigen Kommentare zukommen lässt, hat sich bereits mit meinem Gatten solidarisiert. Nicht aber mit Solomicky, dem stellvertretenden Chefredaktor, der meine Kolumnen redigiert. Oskar schrieb: «Neben allen anderen schlechten Eigenschaften hat dein Tamedia-Gebieter Solomicky auch noch sadistische

Züge. Sonst würde er nicht zulassen, wie du über deinen Mann herziehst.»
Oskar unterschätzt mich. Als ob der Solomicky mich von so was abhalten könnte. Aber der Oskar hat offenkundig ein gespanntes Verhältnis zum Alter des Ehepartners, wie ich beim Weiterlesen seines Briefes erfuhr: «In der Kennenlern-Phase wurde ich von meiner Herzdame angeschwindelt, sie sei gleich alt wie ich», schrieb Oskar. «Eines Tages das Geständnis: Sie ist zwei Jahre älter!» Was muss das für ein Schock gewesen sein? Oskar scheint mir regelrecht traumatisiert. Genau wie mein Mann. Der stand noch immer neben mir und sich und sagte: «Ausserdem hab ich die Senioreneinstellung in meinem Handy nicht aktiviert. Das musste ich nicht. Weil ich nämlich immer noch tipptopp sehe.» Und er erklärte mir, dass er seine Agenda nicht wegen der Schriftgrösse nicht lesen kann, sondern weil er so viele Termine drin hat. Und da seien so viele Termine drin, «weil ich eben nicht alt bin, sondern jung und aktiv». Dann machte er auf dem Absatz kehrt und hüpfte jung und aktiv davon. Das sind die ersten Anzeichen für seine Wechseljahre, dachte ich bei mir, zog es aber in diesem Moment vor, zu schweigen.
Ich weiss natürlich, dass das bei Männern «Midlife-Crisis» heisst. Weil das schigger tönt als Wechseljahre oder Abänderung. Aber im Grunde ist es bei den Männern das Gleiche: Sie verändern sich.

Keine hormonelle Komplettrevision wie bei uns Frauen, aber der Testosteronspiegel verringert sich kontinuierlich. Darum äussert sich das Klimakterium des Mannes normalerweise in einem Harley-Kauf: je Testosteron, desto Töff.

Vor Kurzem habe ich mit einer 22-Jährigen über das Erwachsenwerden diskutiert. Sie meinte, spätestens mit Kindern sei man erwachsen. Ich musste sie enttäuschen. Ich warte bis heute auf das Gefühl des Erwachsenseins. Für mich sind die Erwachsenen diejenigen, die immer alles im Griff haben. Somit gibt es gar keine Erwachsenen. Erwachsensein ist ein Mythos. Und auf der Bühne ein dankbares Thema. Ich erzähle immer, dass ich mich noch überhaupt nicht wie 40 fühle, sondern dass ich sogar pressieren muss, damit ich wirklich 40 bin, wenn ich Geburtstag habe. Ich versteh sowieso nicht, warum man wegen des Älterwerdens so ein Tamtam macht. Mir ist es total egal, wie alt ich bin. Es gibt sogar Tage, da fühle ich mich tatsächlich schon wie 40. Gebe ich offen zu. Und dabei bin ich in viereinhalb Tagen erst zarte neununddreissigeindrittel.

DAS GROSSE GRAUEN

Ich kann mich gut erinnern, als meine Mama sich entschloss, ihre Haare nicht mehr zu färben. Es kostete sie Überwindung. Wir, die Familie, haben uns auch lange gegen ihr Ergrauen gewehrt. Wir fürchteten, sie würde dann alt aussehen, und fanden, sie wirke mit ihren dunklen Haaren so jugendlich. Ich änderte meine Meinung. Wenn Frauen sich zu grauen trauen, sieht das meist richtig gut aus. Also schlug ich mich auf die Seite meiner Mama. Ich war fortan pro grau. Und dann, mit sechzig, zog sie es durch. Und bekam wunderschön glänzende, silberweisse Haare. So, wie sie ihr Vater schon hatte. Ein hochgewachsener, attraktiver Mann mit dichtem weissem Haar. Meine Mama hat ihn nie anders gekannt, vermutlich ergraute er früh. So wie meine Mama auch. Und so wie ich. Mit neunzehn fand ich die ersten weissen Haare. Ich habe sie ausgerissen. Ein paar Wochen später hatte ich dann kleine weisse Antennen, die vertikal vom Kopf abstanden. Ausreissen war nicht die Lösung – ich wäre heute kahl.
Also färbte ich fortan die Haare. Rot, orange, schwarz. Heute sind sie dunkelbraun, und damit das so bleibt, seckle ich alle drei Wochen zum

Gwafför. Nachfärben. Das ist mir jetzt verleidet. Ich stellte die Färberei vor knapp drei Monaten ein und startete das Experiment «Grauen». Ich möchte sehen, was da die Natur für mich vorgesehen hat. Das Langzeitprojekt wird sich über zwei Jahre hinziehen. Es ist wie damals, als ich meinen Pony rauswachsen liess – einfach diesmal in gross. Ich habe mittlerweile einen gut sechs Zentimeter breiten, silberweissen Haaransatz, und wenn ich einen Mittelscheitel ziehe, sehe ich aus wie ein Stinktier: dunkel, mit einem weissen Streifen in der Mitte. Die Leute schauen mir nicht mehr in die Augen, sondern studieren meinen Haaransatz, während sie mit mir reden. Meine Schwester findet, ich sei zu jung für graues Haar. Was lustig ist: Faktisch bin ich bereits seit zwanzig Jahren grau. Und ich schwöre, vor zwanzig Jahren war ich imfau noch jung.

Aber es ist stets das Hauptargument: Grau macht alt. Nun, man wird mich keine dreiunddreissig mehr schätzen, aber das passiert eh nicht mehr, weil in diesem Heft hier immer eine Zahl hinter meinem Namen steht. Gopf. Ich werde in Grau aussehen wie eine Frau zwischen vierzig und fünfzig. Das geht in Ordnung. Denn wenn ich Glück habe, sehe ich auch mit sechzig noch aus wie eine Frau zwischen vierzig und fünfzig. Es beschäftigt mich so sehr, dass ich schon von weissem Haar träume. Das sind vermutlich die Färbeentzugserscheinungen. Als ich vor ein paar Jahren mit dem Rauchen aufhörte, rauchte ich auch im Traum. Päckliweise.

Meine Familie ist sich uneinig. Die Tochter findet es cool, der Sohn findet es überhaupt nicht cool und mein Mann verfolgt die Entwicklung mehrheitlich schweigend – was zwar taktvoll, aber auch vielsagend ist. Ich finde es vor allem wahnsinnig spannend. Und beobachte interessiert, was da aus meinem Kopf rauswächst. Und natürlich hab ich einen Notfallplan. Jederzeit könnte ich zum Gwafför, und nach zwei Stunden wäre alles wieder braun. Aber mir gefällt das Silber. Wegen des Schauspielers George Clooney gelten graue Haare bei Männern längst als attraktiv. Man nennt das den «Clooney-Effekt». Da plädiere ich für Gleichberechtigung, denn was der Clooney kann, kann ich schon lange!

EIGENTLICH TAUFRISCH

Vor einiger Zeit fragte ein Leser der «Schweizer Familie» in einem Brief, ob denn diese Da Capo eigentlich nicht älter werde – ihn dünke, die 39 stehe nun schon sehr, sehr lange hinter deren Namen. Und ich kann den Herrn an dieser Stelle beruhigen: Das Alter macht auch vor mir nicht halt. Schon in einem knappen Monat wird der Solomicky, der meine Kolumnen vor Abdruck jeweils mit mir bespricht, die Zahl hinter meinem Namen in eine 40 ändern lassen. Vielleicht ändert er das sogar höchstpersönlich. Vor meinem geistigen Auge seh ich ihn dabei hämisch grinsen. Er hat ja so ein sonniges Gemüt. Darum nenn ich ihn auch «den Grantler». Momentan ist der Grantler wieder mal in den Ferien. Und weil der weg ist, kann ich über ihn schreiben, was ich will, denn ich bespreche die Kolumnen mit jemand anderem. Im ersten Satz hab ich auch extra das Wort «eigentlich» verwendet. Um den Grantler zu ärgern. Der Solomicky hat nämlich eine Allergie auf das Wort «eigentlich». Aber mir ist das eigentlich egal. Zurück zur Vierzig. In meinem aktuellen Bühnenprogramm «Kämmerlimusik» befasse ich mich eingehend mit dem Vierzigwerden. Es gibt da dieses eine Lied. Darin zähle ich auf, was nun alles nicht mehr so ist wie mit zwanzig oder dreissig. Statt jedoch mit dieser Veränderung zu hadern, versichere ich dem Publikum im Refrain, dass mir das alles am Allerwertesten vorbeigeht. Im Lied benutze ich für letzteren ein anderes Wort, aber ich möchte die Leserschaft nicht mit struben Hinterteilbezeichnungen vom Wesentlichen ablenken. Davon nämlich, dass ich der Vierzig gelassen entgegentrete. Und ich habe dieses Lied nun schon so oft gesungen, dass ich es inzwischen selber glaube. Ja, ich bin davon überzeugt, dass mit vierzig das beste Alter anfängt. Ich habe schon ein paar Mal nach dem Konzert mit Frauen darüber diskutiert. Die Mehrheit pflichtet mir da bei: In diesem Alter kann man sich – trotz erster Falten – noch mal so richtig entfalten. Denn zu diesem Zeitpunkt hat man schon viele wichtige Entscheidungen hinter sich. Ausbildung, Familie, Karriere – mit vierzig hat man schon einiges erreicht, worauf man stolz sein kann. Und ist trotzdem noch frisch. Nicht mehr taufrisch, zugegeben, aber man will ja nicht ein Leben lang fünfundzwanzig bleiben. Das scheint mir anstrengend. Da werde ich lieber entspannt vierzig. Darum lass ich jetzt auch die grauen Haare wachsen. Und manchmal zieh ich nicht mal mehr den Bauch ein. Das darf allerdings nicht zur Gewohnheit werden – das sieht nämlich nicht sehr vorteilhaft aus.

Grundsätzlich finde ich, die positive Denkweise trägt am meisten dazu bei, dass ich einigermassen elegant ins Alter rutsche. Denn mein Glas war schon immer halbvoll. Und das gilt auch fürs Älterwerden. Ich bin jetzt zwar bereits in der Lebensmitte – aber ich habe die schönere Hälfte noch vor mir! Wenn ich so zurückdenke – nur schon die Pubertät. Da bin ich doch froh, liegt das weit hinter mir. Und sollte ich es vermissen: Die Kinder tun ja dann auch noch pubertieren. Ich freu mich schon. Ich kann mich übrigens gut daran erinnern, wie meine Mama vierzig wurde. Das war einschneidend. Ich war sechzehn – und vierzig war für mich uralt. Apropos uralt: Ich frag mich grad, wie alt eigentlich der Solomicky ist. Wenn ich das wüsste, könnte ich nämlich hinter seinem Namen ein Komma machen und dann die Anzahl überlebter Jahre dazuschreiben – so wie der das bei mir auch immer macht. Leider kenn ich sein Alter nicht. Schade – eigentlich.

		Wasser-leitung ▼		steller †1888		Sprache ▼
...949	Sommer-blume ▶					
	förml. Männer-kleidung		An-nahme, Behaup-tung		Abk.: United Kingdom ▶	
Arbeits-beginn	Z	U	F	R	U	E	H
					bäuerl. Nutz-land ▼		abenteuer-lustiges Kind
	wohl-erzogen, brav	griech. Buch-stabe		Abk.: Automobil-club der Schweiz ▶		
Fern-blick, Per-spektive	▼	▼ 6				
				Grund-stoff-teilchen Mz.		ohne innere Ruhe

HORNHÄUTIG

In letzter Zeit habe ich Mühe damit, beim Lesen die Buchstaben scharf zu sehen. Da ich viel am iPad lese, ist das im Grunde kein Problem. Ziehe ich Daumen und Zeigefinger auf dem Bildschirm auseinander, vergrössert sich der Text auf Seniorenschriftgrösse. Natürlich bin ich keineswegs im Seniorenschriftgrössenalter. Überhaupt nicht. Aber in der Seniorenschriftgrösse liest es sich so schön bequem. Trotzdem wollte ich das mit den scharfen Buchstaben abklären, und so beschloss ich, wieder einmal die Optikerin meines Vertrauens aufzusuchen. Mit den Augen sollte man regelmässig in die Kontrolle gehen. So wie, ab einem gewissen Alter, mit vielen anderen Körperteilen auch.
Ich finde Sehkontrollen faszinierend. Im Sehkontrollkabäuschen setzte mir die Optikerin eine spezielle Vorrichtung auf. Eine Art Brille. In diese Brille schob sie einzelne Gläser. Sie bewahrt diese Gläser in einem Holzkasten auf und ich mag das Geräusch, das entsteht, wenn sie die Gläser herausnimmt oder zurücklegt. Meine Aufgabe war es, durch die Gläser zu schauen und zu sagen, ob ich mit dem jeweils eingesetzten Glas besser oder

schlechter sehe. Ich betrachtete dabei Buchstaben, die auf eine Leinwand projiziert wurden. Natürlich konnte ich alles tipptopp lesen. Gegen Ende jedoch wurden die Buchstaben plötzlich ganz klein und verschwommen. Offensichtlich war der Projektor kaputt.

Nach dem Gläsertest kam noch eine Messung mit einem Gerät, das sehr abgefahren aussieht. Eine ausgehöhlte Kugel, bei der auf der Innenseite eine Spirale aufgemalt ist. Ich musste auf das rote Lämpli in der Mitte der Spirale schauen. Es entstand ein Foto meiner Pupille, auf der sich die Spirale spiegelte. So konnte die Optikerin messen, wie krumm meine Hornhaut ist. Und meine Hornhaut ist überhaupt nicht krumm. Im Gegenteil. Die Optikerin rühmte meine aussergewöhnlich gleichmässige, total unkrumme Hornhaut. Damit werde ich künftig hausieren gehen. Ich bin die Frau mit der makellos ebenmässigen Hornhaut. Obwohl mir eine makellos ebenmässige Gesichtshaut lieber wäre. Und es fallen mir noch andere Stellen ein, wo mir eine ebenmässige Haut lieber wäre als ausgerechnet im Auge.

Meine Hornhaut-Euphorie wurde jäh gebremst, als mir die Optikerin mitteilte, ich hätte zwar eine wunderbare Hornhaut, dafür eine krumme Linse. Mein Mann sagte mir später zu Hause, das sei ihm schon lange klar gewesen, dass mit meiner Linse etwas nicht stimme. Stets, wenn ich müde sei –

oder ein Glas zu viel getrunken hätte –, würde ich auf einem Auge schielen. So ein Quatsch. Ich glaube, mein Mann hat selber einen Knick in der Linse. Meine Optikerin kam zum Schluss, dass bei mir allmählich die Weitsichtigkeit einsetze. Das sei normal. Meine Augen würden unflexibler, je älter ich werde. Das passt. Ich selber werde ja auch längersi unflexibler. Und Weitsichtigkeit ist an und für sich eine gute Sache. Nur halt nicht bei den Augen. Weitsichtige Menschen können die Dinge, die nah am Gesicht sind, nicht mehr scharfstellen. Sie halten darum alles von sich weg, um es klar zu sehen. Ich konnte das an meinem Schwager beobachten. Über die Jahre hielt er die Zeitung in immer grösserem Abstand. Am Schluss konnte er sie selbst am ausgestreckten Arm nicht mehr lesen. Jetzt hat er eine Lesebrille. So eine würde auch ich irgendwann benötigen. In spätestens fünf Jahren, sagt meine Optikerin. Schon in fünf Jahren? Nun, das ist dann wohl der Preis für die perfekte Hornhaut: zu kurze Arme.

					6		
			mathem. Grenzwert		Vorn. v. Ford Coppola		
	Bewohner e. Erdteils		engl.: Leben ▶	H			
		8		I			
			Stadt in Bolivien	R	Abk.: Arizona ▶		
st-ikan. aat ▼		Teil des Pfeilbogens ▶		N			
				I	geborgen, sicher ▼		Bussbereitschaft ▼
		Patron der Feuerwehr ▼		arab. Wüstenbrunnen ▶			

HIRNI

Sudoku kennt jeder. Zumindest den Namen. Es ist ein sehr populäres Logikrätsel mit Zahlen, das zuerst in Japan bekannt wurde. Seit 2004 kennt man es auch in der Schweiz. Ich kann mich noch erinnern, als ich zum ersten Mal so ein Sudoku löste. Ich war skeptisch. Sobald etwas mit Zahlen zu tun hat, wird es von mir gemieden. Aber diese Sudoku-Rätsel sind sogar für mich lösbar, weil es nichts zu rechnen gibt, es geht allein um Logik. Und Logik kann ich. Total gut sogar. Auch meine Mama begann damals, Sudokus zu lösen, und macht es seither regelmässig. Allerdings schafft sie es nicht immer. Gestern fand ich heraus, warum. Meine Mama fragte mich nach meiner Vorgehensweise beim Lösen des Rätsels. Ich bin zwar die grösste Sudoku-Meisterin diesseits des Napfs, nur komme ich leider nie dazu. Wenn nun aber jemand an meinem Lösungsansatz interessiert ist, kann ich ja kaum Nein sagen. Also setzte ich mich zu meiner Mama und gemeinsam begannen wir, das Sudoku zu lösen.
Das Spiel besteht aus einem Gitter mit neun mal neun quadratischen Häuschen. Diese wiederum sind unterteilt in drei mal drei Blöcke à je neun

Häuschen. Ziel ist es, die Ziffern eins bis neun so in die Häuschen einzutragen, dass sie in jeder Zeile und jedem Block nur je einmal vorkommen. Sehr übelzeitig. Dazu braucht man bitzeli Strategie. Und die zeigte ich meiner Mama. Anfänglich ging das glatt von der Hand. Wir suchten Einsen und Zweien, Dreien und Vieren, kombinierten und hirnten und trugen ein, was wir herausfanden. Irgendwann standen wir an und kamen nicht mehr weiter.

Und dann tat meine Mama etwas Unglaubliches. Mit den Worten: «Ich habe das Gefühl, hier kommt eine Sechs hinein», schrieb sie eine Sechs in ein Häuschen. Ohne fundierten Grund. Einfach, «weil das doch sein könnte». Ich sah ihr fassungslos dabei zu, wie sie dann daneben eine Eins eintrug, im nächsten Block eine Fünf und so fort. «Das kannst du nicht machen», rief ich entgeistert, «das geht niemals auf!» Doch sie lachte nur und trug munter weiter ein. Ich war entsetzt. Unmöglich, wie kann man nur? Jede Zahl muss eindeutig zuzuordnen sein. Es ist wie beim Einmaleins. Es gibt nur eine einzige richtige Lösung. Das Resultat von sieben mal sieben ergibt nicht «öppe fünfzig». Ich weiss das. Ich hab es beim Einmaleins oft genug mit Raten probiert. Ich informierte meine Mama darüber, dass ich jetzt dann gleich Vögel bekäme mit ihr. Und natürlich ging es irgendwann nicht mehr auf. Aus diesem Grund löst meine Mama Sudokus immer mit Bleistift. So kann sie «intuitiv Eingetragenes» wieder radieren. Wie umständlich!

Und da fiel mir wieder ein, warum ich Logikrätsel gar nicht mag. Die sind immer umständlich. Zum Beispiel diese eine Aufgabe: «Ein Mann muss über einen Fluss. Mit einem Wolf, einer Ziege und einem Krautkopf. Er hat ein winziges Boot, worin ausser ihm selbst als Ruderer immer nur eines der drei mitgeführten Dinge Platz hat. Der Mann steht vor einem Problem: Den Wolf und die Ziege kann er nicht allein lassen, sonst reisst der eine die andere. Die Ziege und der Krautkopf dürfen aber auch nicht zusammen an einem Ufer bleiben, sonst frisst die Ziege das Gemüse. Wie kann der Mann das Problem lösen?» Dazu gibt es eine Lösung, wo der Mann öppe viermal hin- und herschippern muss, einmal mit Wolf und Kohl. Dann mit Ziege. Oder umgekehrt. Irgend sowas. Dabei könnte er den Kohl einfach unter dem Pulli verstecken, so klein kann ein Boot ja gar nicht sein – dann die Ziege einladen und den Wolf ins Wasser werfen. Der muss schwimmen. Logisch.

RUDIMENT

Ich kann mit den Ohren wackeln. Das habe ich zu meiner Überraschung herausgefunden. Somit können das bei uns daheim schon zwei: der Hund und ich. Und auch ein Onkel von mir kann das. Vielleicht ist das genetisch bedingt. Dass der Mensch seine Ohren überhaupt bewegen kann, ist ein Überbleibsel aus der Urzeit. Sagt Google. «Unsere Vorfahren konnten ihre Ohren wie manche Tiere bewegen, denn auch sie mussten in der Wildnis vorsichtig sein und Geräusche bei der Jagd orten. Da wir heute nicht mehr in der Wildnis leben oder uns vor wilden Tieren in Acht nehmen müssen, ist das Drehen der Ohren nicht mehr notwendig. Und deswegen haben sich auch die Ohrenmuskeln der Menschen im Laufe der Zeit immer weiter zurückgebildet. Bei einigen Menschen ist allerdings noch etwas von der Fähigkeit vorhanden, und die können dann mit den Ohren wackeln.»
Solche Überbleibsel heissen in der Fachsprache «Rudimente» – teilweise oder gänzlich funktionslos gewordene, rückgebildete, aber noch vorhandene Merkmale. Dazu zählen auch die Weisheitszähne. Der Blinddarm. Das Beinfell. Oder das

Steissbein. Letzteres ist ein «Rudiment der Schwanzwirbelsäule». So ein Rudiment sei ein «klassischer Evolutionsbeleg» und ich muss somit davon ausgehen, dass ich mit meinen Wackelohren evolutionstechnisch noch nicht ganz so weit fortgeschritten bin wie die Nichtohrenwackler.

Dabei hatte ich ursprünglich das Gefühl, denen eher etwas vorauszuhaben. Während die nämlich nicht hören können, was am Nachbartisch geflüstert wird, drehe ich einfach meine Lauscher in Position. Wenn mir beim Lesen eine Fliege um den Kopf surrt, kann ich sie mit einem Ohrenwedeln verscheuchen. Ohne dabei das Buch aus der Hand legen zu müssen. Und wenn andere zum Corona-Gruss umständlich mit den Ellenbogen herumfuchteln, kann ich lässig mit meinen Ohren winken und sagen: «So macht man das.» Ich hab schon überlegt, ob ich damit in den Zirkus soll, aber das Showgeschäft ist mir momentan zu unsicher.

Künstler ist schiints nicht mal mehr ein Beruf. Das weiss ich von einer Kollegin aus Deutschland, ausgebildete Sängerin und Schauspielerin und seit mehr als zwanzig Jahren erfolgreich auf der Bühne. Sie wurde mit ein paar Künstlerkollegen bei einem ihrer Minister vorstellig. Um ihm ihre Situation zu schildern. Und um ihn um Hilfe zu bitten. Damit ihre gebeutelte Zunft diese Krise überstehen möge. Der Minister hörte ihnen eine

Weile zu. Dann nickte er ministerlich, sprach ein paar beschwichtigende Worte und schloss mit der Feststellung, sie müssten jetzt halt «was Richtiges» machen. Seither sind die Künstler auf der Suche nach den richtigen Wirkungsfeldern, in denen sie ihre beruflichen Fachkenntnisse einbringen können. Meine Kollegin zum Beispiel arbeitet jetzt als Hauskatze, ihr Bühnenpartner fand einen Job als Türspion. Ihr Kollege mit der singenden Säge: Akkordmetzger. Manche haben ins organisierte Verbrechen gewechselt. Manche in die Politik. Es gibt auch welche, die machen beides gleichzeitig.

Ich finde, ich bin mit meinem frisch entdeckten Ohrenwackeln ebenfalls auf einem guten Weg. Natürlich hätte ich noch andere Talente. Ich kann mit der Zunge das Röhrli machen. Und in zwei verschiedene Richtungen schielen. Gleichzeitig. Aber ich habe mich für das Rudiment entschieden. Ich und mein Rudiment haben jetzt auch etwas Solides gefunden. Etwas Krisensicheres. Ich fange nächste Woche als Ventilator an.

	rant (Kw.)			
		Morgen-land	illegal handeln, schmuggeln	
	Loch in der Nadel ▶	K L	E I	N
		○5		Name von dän. Meeresstrassen
	best. Artikel (2. Fall)	Härte-grad v. Bleistift-minen	▶	
kleine Vertiefung ▶				

VOLLBLUT

Letzte Woche war ich in Spendierlaune. Aktuell kommen viele Spendenaufrufe bei mir an. Ich spende aber nicht Geld, ich habe mich für Blut entschieden. Das letzte Mal habe ich vor etlichen Jahren Blut gespendet. Der einzige Eintrag in meinem Blutspendeausweis stammt vom 19.5.1998. Seither habe ich nie mehr Blut gelassen. Bis jetzt. In Willisau gibt es alle drei Monate einen Blutspendeanlass in der Festhalle. Da wollte ich hin. Kürzlich sprach ich nämlich mit meinem Schwager – einem regelmässigen Spender –, und da hab ich den Entschluss gefasst. Meine Mama hat ebenfalls jahrelang Blut gespendet, und ich weiss spätestens seit der Krebserkrankung einer Freundin, dass es eine gute und wichtige Sache ist. Das Spenden selber fand ich damals zwar nicht superangenehm, aber auch nicht so schlimm, dass es mich jetzt von meinem Vorhaben abhalten würde.
Also habe ich online einen Termin gemacht, damit ich in den Genuss der «Blutspende-Anfänger-Betreuung» komme. Ich packte meinen vergilbten Blutspendeausweis aus den Neunzigern ein und fuhr gen Festhalle. Dort hatten sie eine Art

Blutspendeparcours aufgebaut. Der Start war am Empfang, dann kam die Blutdruckmessstation, danach mehrere Tischchen mit weiss gekleideten Fachleuten hinter Plexiglas und ganz hinten das Ziel: die Abzapfstationen. Dort wollte ich hin. Aber erst mal hiess es sich maskieren und desinfizieren, und dann erhielt ich am Start einen Fragebogen. Die ersten Fragen waren einfach. Ob ich weiblich oder männlich sei. Ob ich mehr als 50 Kilo wiege. Ob ich mich gesund fühle. Ob ich Medikamente gegen Prostatavergrösserung nehme. Ich hab auf alle Fragen eine Antwort gewusst – das gibt sicher eine gute Note. Danach kamen Allergien, Zucker, Ausschlag, Herzinfarkt, ein paar Fragen zu Auslandreisen und noch ein paar zum aktuellen Sexualverhalten von mir – und von meinem Sexualpartner. Und öb Letzterer eigentlich immer der Gleiche sei, das wollten die auch noch wissen.

Nachdem das alles geklärt war, bekam ich zur Belohnung ein «Blutspende Nr. 1»-Kleberli, das mich als Anfängerin kennzeichnete. Ich klebte es stolz auf meine Brust. Danach ging es ans Blutdruckmessen. Auch dort waren sie sehr zufrieden mit mir. Ich hatte sowohl Puls wie auch Druck.

Anschliessend wurde ich an eine Gesundheitsfachperson verwiesen, die mich in den Finger stüpfte. Um zu sehen, ob ich überhaupt genug Blut habe, um zu spenden. Es stellte sich heraus:

Ich habe vörig genug Blut. Zur Spende kam es trotzdem nicht. Die Gesundheitsfachperson hatte nämlich noch ein paar Fragen zu meinem Fragebogen. Dabei stellte sich heraus, dass ich einen entzündeten Zahn hatte. Und Entzündungen – so erklärte mir die Gesundheitsfachperson – hätten sie gar nicht gern.
«Ich hab die auch nicht gern», versicherte ich ihr. Und es sei nur eine kleine Entzündung.
Ehrlich. Munzig klein. Und der Zahn komme nächste Woche sowieso raus. Ob sie denn gesehen hätte, dass ich weder Prostata noch Tollwut habe? Und dass mein Mann immer total der Gleiche sei? Es hat alles nichts genützt. Sie drückte mir eine kleine Packung Trostpflästerli in die Hand, sagte, ich dürfe auch noch ein Schöggali nehmen, und schickte mich fort. Niedergeschlagen und noch immer gefüllt mit Blut verliess ich die Halle. In drei Monaten probier ich es noch mal. Für die Autoprüfung brauchte ich schliesslich auch zwei Anläufe.

CHLÄBERLI

Letzten November begann meine «Mission Blut spenden». In euphorischer Spendierlaune und bis zum Rand gefüllt mit Blut fuhr ich ins Spendelokal. Ein entzündeter Zahn hat damals jedoch mein Vorhaben im letzten Moment vereitert. Ich wurde heimgeschickt. Mit einem Päckli Trostpflaster und dem Hinweis, ich solle es in drei Monaten wieder probieren. Nun war es so weit: Blut spenden in Willisau – Episode zwei. Genau wie beim letzten Mal bekam ich ein Chläberli auf die Brust. Darauf stand «Blutspende Nr. 1». So wissen die Betreuenden, dass man mir alles erklären muss. Ich fände es ja lustiger, wenn auf diesem Chläberli «Blutige Anfängerin» stünde. Das werde ich dem Roten Kreuz mal vorschlagen. Später. Jetzt machte ich mich erst mal daran, den langen Fragebogen auszufüllen.
«Wurden Sie in den letzten 12 Monaten gegen Tollwut geimpft?» Kreuz bei «Nein». «Waren Sie in den letzten 6 Monaten ausserhalb der Schweiz?» Ich war kaum einmal ausserhalb von Willisau. «Haben Sie vor dem 1.1.1986 Wachstumshormone erhalten?» Die Frage fand ich chli überflüssig. Ich bin eins sechzig! Mit dem ausgefüllten Bogen

ging es ans Blutdruckmessen. Der war sehr tief. Das habe sicher mit meiner Grösse zu tun, sagte ich der Blutdruckdame. Ich sei ja auch sehr tief. «Weil ich vor 1986 keine Wachstumshormone erhalten habe», sagte ich eifrig und wedelte mit dem Fragebogen. Vielleicht hätte sie ja Lust, diesen vorab zu korrigieren, damit ich dann sicher durchkomme? Aber die Frau Blutdruck war selber etwas unter Druck. Sie hatte keine Zeit für Chläberli-Anfänger – die Schlange vor dem Lokal wurde immer länger. Es hatte sehr viele Leute, davon auffallend viele Junge. Ja, das Lokal wurde regelrecht gestürmt von jungen Vollblütern. Ich sah schon die «Böttu»-Schlagzeile: «Willisau im Blutrausch!» Ich stellte mich in die nächste Schlange. An kleinen Tischchen sassen Gesundheitsfachleute, die jeden in den Finger stüpften, um vorab zu testen, ob überhaupt genug Blut im Spender ist. Zudem gingen sie den Fragebogen durch. Ob ich denn auch genug getrunken hätte, wollte die Gesundheitsfachfrau wissen. «Ja», sagte ich, «vor allem Kaffee.» Sie holte mir ein Glas Wasser und fing an, mich mit Traubenzucker zu füttern, denn ich hatte auch nicht wahnsinnig viel zu Abend gegessen. Im Grunde nur eine Banane, aber das sagte ich ihr nicht. Ich hatte Angst, dass sie mich wieder rausschmeisst.

Doch dieses Mal schaffte ich auch das Level zwei und kam eine Runde weiter – zu den Abzapfstationen. Das sind so Liegeschragen, daneben je ein Maschineli, welches das gezapfte Blut hin- und herwiegelt und gleichzeitig abwägt, ob der Spender schon leer ist. Das wurde mir wieder alles ausführlich erklärt, denn: Ich war die mit dem Chläberli auf dem Busen. Nach dem Spenden kam ich in einen anderen Raum. Dort gab es Suppe, Kaffee, Sandwichs und Getränke. Weil man nach dem Blutspenden nicht herumstehen darf, gab es dort auch Stühle. Ich durfte mich zum Essen und Trinken ganz legal hinsetzen! Trotz der aktuellen Pandemie!

Langsam wurde mir klar, was hier los war. Ich war im Ausgang. Und habe es nicht gemerkt! Als ich jung war, ging man noch in die Beiz oder in die Disco, um sich zu treffen. Dort sass man dann an Tischen. Zusammen. Oder tanzte. Ganz ohne Abstand! Ja, so war das damals, ich erinnere mich gut. Doch die Zeiten ändern sich. Wenn man heutzutage abends mal raus will, um andere Leute zu treffen und zusammen im Sitzen zu trinken – dann geht man Blut spenden.

VOLL VERSCHÄRFT

Letzte Woche gab es doch tatsächlich einen kleinen Frühlingseinbruch. Einen kurzen Moment der Wärme und des Grillierens. Welch Wonne, mitten in dieser Zeit, die an Spätwinter erinnert. Oder an regnerischen Vorfrühling. Wobei man gar nicht mehr von Frühling sprechen mag. Eher von Spätling. In knapp zwei Wochen ist Sommeranfang. Ab da werden die Tage bereits wieder kürzer. Und die nächste Regenfront steht vor der Tür und wird so kühl und so trüb wie meine Stimmung. Doch es gibt einen Lichtblick. Eine Oase der Freude und des Glücks inmitten dieser nasskalten Zeit. Das Erdbeeri-Hüsli wurde gesichtet. «Das lange Warten hat ein Ende», schrieb man sich unter Kollegen per SMS, dazu ein Bild vom Hüsli. Rasant hat sich herumgesprochen, dass es wieder dort steht, wo es immer steht, wenn es mit den regionalen Erdbeeren losgeht.
Das Erdbeeri-Hüsli ist eine grosse, rote Erdbeere aus Blech. Vorne hat es eine Luke zum Hochklappen. Ist die Luke zu, sind zwei aufgemalte geschlossene Augen auf dem Blech zu sehen. Dann schläft das Erdbeeri. Aber wenn es wach ist, dann ist dort eine nette, sehr hübsche Frau drin, die

Erdbeeren verkauft. Und das macht sie mit so viel Charme und Verve, dass die hiesigen Erdbeeri-Liebhaber allesamt um das Blech-Erdbeeri surren, sobald es seine Augen öffnet. Es soll Männer geben, die bei vier benötigten Erdbeeri-Schälchen extra viermal bei der Erdbeeri-Frau vorbeigehen. So zumindest geht die Legende. Auch die Frauen kaufen vermehrt Erdbeeren. Weil sie den Grund wissen wollen, warum ihre Männer auffallend häufig mit Erdbeeren heimkommen. Werbung machen muss die Erdbeeri-Frau nicht. Das Erdbeeri-Hüsli spricht für sich.

In diesen Tagen kamen aber nicht nur die Erdbeeren – auch der mobile Schleifservice war im Städtli. Ein Anhänger, der für eine Weile nöimen stationiert ist und in welchem ein Messerschleifer direkt seine Arbeit verrichtet. Er hat darin eine Schleifmaschine und diverses Werkzeug zum Schärfen und Polieren. Auch um diesen Wagen schwirren die Leute. Hier sind es vorwiegend Frauen. Mit Scheren, Messern und Äxten stürmen sie ins Wageninnere. Vielleicht wird auch das Schleifgeschäft im Schleifwagen durch dessen anmächeligen Inhalt noch zusätzlich angekurbelt – ähnlich wie bei den Erdbeeren. Möglich wärs, denn der Schleifservice, zu dem mehrere selbstständige Schleifer gehören, wirbt mit dem Slogan «Die Scharfmacher». Daraus lässt sich schliessen, dass in diesem Wagen ein scherenschleifender

Chippendale seine Arbeit verrichtet. In Latzhose, sonst nix. Mit muskulösen, braun gebrannten Oberarmen. Auf der glänzend eingeölten Brust eine Tätowierung, auf der in schnörkeliger Schrift geschrieben steht: «Auch scharf».

Ich schraubte das Schneideblatt aus unserer Schneidmaschine und zog los, um mir diesen Schleifer mal anzusehen. Sollte er nur halb so charmant sein wie die Erdbeeri-Frau, dann hätte ich auch noch eine Stoffschere, eine Nagelschere und ein paar Küchenmesser daheim, die ich ihm einzeln vorbeibringen könnte. Doch der Scharfmacher sah nicht aus wie ein Chippendale. Er trug auch keine Latzhose. Und er machte einfach nur das Messer scharf. Das jedoch, das machte er wirklich sehr gut. Morgen gibts Erdbeer-Carpaccio.

Fluss im Berner Jura	▼	Bausatz (engl.)	Jungen	▼	▼	kroat. Insel	
			völlig ungebraucht ▶				
		9 D	Ü R	A	B		Vorn. v. Atatürk †
nach unten ▶			anti, gegen ▶			Sport mit Lenkdrachen ▶	
		text. Handwerk ▶					
	Titelfigur b. Klaus Schädelin † ▼					Druckvorstufe (Kw.) ▶	
balt. Osteuropäerin ▶		1	span.: Hund ▶		Hauptstadt v. Marokko ▶		
			Wasserstands- ▶				

UNTER WIEDERKÄUERN

Elsi stapfte widerwillig das schmale Strässchen hinab. Schon den ganzen Morgen hatte sie schlechte Laune. Das grosse Blumengesteck auf ihrem Kopf war schepps aufgeschnallt und wackelte beim Gehen. Auf der Seite ragte ein Plastikblumenblatt schräg heraus und kitzelte sie ständig hinter dem Ohr. Und das, schon seit sie losmarschiert war. Lästig. Zudem war ihre Treichel schwer und kübelte furchtbar blechig. Vor ihr liefen die Guschti, die sich gegenseitig schubsten und kicherten und blöde Sprüche machten. «Diese Teenager gehen mir auf die Nerven», dachte Elsi. Sie wäre viel lieber mit dem Astro gelaufen. Aber der befand sich weiter hinten in einer grossen Traube von schwatzenden, giggelnden Kühen, die alle gern in seiner Nähe laufen wollten, und so wurde der Astro belagert wie der Nik Hartmann am «Schweizer Familie»-Wandertag. Auch das machte der Elsi schlechte Laune. Aber im Grunde hatte sie vor allem keine Lust, zu laufen. «Jedes Jahr das gleiche Theater», dachte Elsi. «Kaum hat man sich an die Höhe gewöhnt und weiss, wo es die besten Chrüütli und wo die schönsten Schattenplätzli gibt, wird man wieder ins Tal gejagt.»

Vroni gesellte sich zu ihr. «Mach doch nicht so einen Lätsch, Elsi. Im Frühjahr gehen wir ja wieder hoch.» – «Das ist doch der Seich!», sagte Elsi. «Jeden Schritt, den ich hinunterlaufe, muss ich nächstes Jahr wieder obsilaufen. Und der blöde Kopfschmuck kitzelt mich so lästig hinter dem ...» – «Schau mal», unterbrach Vroni sie und zeigte mit ihrem Kopf auf eine Tafel am Strassenrand. «Den seh ich jetzt schon zum x-ten Mal. Es gibt ihn auch mit Fell im Gesicht. Und mit Hälsig. Oder mit einem Gestell auf der Nase. Auf einem Bild hat er gar kein Fell auf dem Kopf und auf dem nächsten braunes Langhaar. Und ein rotes Maul.» – «Das sind verschiedene», sagte Elsi. «Die sehen nur gleich aus. Menschen sind für uns Kühe schwierig auseinanderzuhalten. Aber du kannst dir merken: Die mit dem roten Maul, das sind die Weibchen.» Vroni war beeindruckt. «Und warum stehen Bilder von denen am Strassenrand?», wollte Vroni nun wissen. «Ist wohl ein Brauch», sagte Elsi. «Sie dekorieren die Wiesen mit Bildern von sich, die sie mit verschiedenen Farben und Zeichen verzieren, und nach einer Weile räumen sie es wieder weg.» – «Und was soll das bringen?», fragte Vroni. «Menschen halt. Die machen viele Sachen, die keinen Sinn ergeben», sagte Elsi, und Vroni nickte.

Dann liefen die beiden eine Weile schweigend nebeneinanderher. «Mädels, ihr habt ja keine

Ahnung!» Alma zwängte sich von hinten zwischen die beiden und grinste breit. Ihr Kopfschmuck hing nur noch an einem Horn und sie wirkte wie immer etwas zerzaust. «Die Menschen da, die sind uns imfau nicht unähnlich.» Elsi und Vroni verdrehten die Augen. Die Alma erzählt viel, wenn der Alpabzug lang ist. «Nein, sicher!», sagte Alma schrill, «ich weiss das. Die Menschen auf den Bildern sind Wiederkäuer wie wir. Ehrlich! Die sind ständig am Chätschen, und die produzieren – genau wie wir – ganz viel warme Luft. Im Grunde dient das alles dazu, die Rangordnung zu regeln. Und aufgrund dieser Rangordnung wird dann die Leitkuh bestimmt.» – «Das klingt recht übelzeitig», fand Elsi, «warum machen die nicht ganz normale Rangkämpfe wie wir auch? Wär doch einfacher: Der Stärkste gewinnt.» Alma schüttelte den Kopf. «Evolution, Schätzli! Bei den Menschen, da gewinnen nicht mehr die Stärksten – sondern die Lautesten.»

FREIE HANNELORE

Das ist die Geschichte von einem grossen, dicken Fisch. Ich nenne ihn Hannelore. Und die Geschichte stammt aus einer Zeit, in der man sich noch versammeln durfte. Unter Fischern zum Beispiel. Das nannte man dann Fischereiversammlung. Man verbrachte den Abend gemeinsam in einer Beiz. Leibhaftig beieinander, ganz ohne Videotelefonie, bei Speis – und vor allem bei Trank. Und man diskutierte über die anstehenden Jahresaktivitäten.

Mein Mann ist am Wasser aufgewachsen. «Am Strande der Buechwigger», wie er zu sagen pflegt. Einem Bach, der in Willisau mit der Änziwigger zusammenläuft, als Wigger weiterfliesst und dann in die Aare mündet. Letzteres hab ich gegoogelt, so genau hätt ich das nicht gewusst. Und es ist auch egal, denn die Geschichte spielt nur an der Buechwigger. An der äbe mein Mann aufgewachsen ist. Aus diesem Grund ist er Fischer geworden. Und war somit zugegen an der besagten Fischereiversammlung. Als er von der Versammlung nach Hause kam, erzählte er mir von Hannelore, der grossen, dicken Bachforelle. Sie war – wie jedes Jahr – Thema an der Versammlung. Hannelore hat eine Länge von 59 Zentimetern und lebt schon eine ganze Weile in der Buechwigger. Warum er wisse, dass die Forelle genau 59 Zentimeter messe, fragte ich. Weil das Wasserforschungsinstitut der ETH Zürich jedes Jahr eine Bestandeskontrolle durchführe, erklärte mein Mann. Das Institut fischt, zusammen mit den örtlichen Fischern, immer den Bach aus und untersucht die Fische. Anzahl, Gesundheit, Grösse, Alter und so weiter. Bei so einer Ausfischung werden die Fische mit Strom betäubt und in Kesseln zu einem mobilen Wasserbecken gebracht. In diesem werden sie dann vermessen, gewogen und untersucht. Danach kommen die Fische zurück in den Bach.

Bei diesen Ausfischungen ist Hannelore immer dabei. Und seither ist es unter den Fischern ein Wettlauf: Wer wird sie als Erster aus dem Bach ziehen? Mich amüsiert der Gedanke, dass die Fischer jedes Jahr einen hungrigen Blick auf die dicke Hannelore werfen können, sie aber wieder in den Bach schmeissen müssen – um dann die ganze Saison nach ihr zu fischen. Erfolglos. Denn Hannelore hat wohl so ihre Erfahrung mit Fischern. Sie ist mit allen Wassern gewaschen. Die Fischer können bei ihrer Schwelle fischen und ködern, so viel sie wollen – Hannelore beisst nicht an.

«Die dicke Hannelore ist schlauer als ihr», foppte ich meinen Mann. «Ach was», winkte der ab. «Die sieht einfach nichts mehr, so alt, wie die ist.» Ich lachte mit, aber insgeheim war ich mir sicher: Die schlaue Hannelore wird dereinst an Altersschwäche sterben. So eine Bachforelle kann bis zu fünfzehn Jahre alt werden. Bin gespannt, wer da mehr Ausdauer hat. Dazu kommt, dass die Nachkommen der dicken Hannelore ebenfalls clever sind. Sie werden es schwer haben in den kommenden Jahren, die Fischer der Buechwigger. Sie können nur hoffen, dass die Hannelore irgendwann einen Fehler macht. Gut möglich, dass die jährlichen Stromschläge, die sie kriegt, ihr chli aufs Fischhirni schlagen.

Und sollte es den Fischern eines Tages tatsächlich gelingen, die dicke Hannelore zu fangen, dann möge es in einer Zeit sein, in der sich die Fischer zum Feiern wieder versammeln können. Um, leibhaftig beieinander, auf diesen grossen Fang anzustossen.

BIENE MAJA

Wir haben dieses Jahr Untermieterinnen. Sie zogen im Frühling in unseren Obstgarten und wohnen seither unter einem der Apfelbäume. Ihre Behausung – vier Kisten aus Holz – haben sie gleich selbst mitgebracht. Alle unsere Untermieterinnen sind berufstätig und in der Regel ausgeflogen. Jede Einzelne von ihnen zahlt Miete. Bei rund einer Viertelmillion Untermieterinnen gibt das ordali Honig. Ihr Hausverwalter – der Imker – kommt regelmässig vorbei und schaut nach dem Rechten. Ich mag sie, die Bienen. Sie sind fleissig, genügsam und sehr diskret. Bisher hab ich sie kaum bemerkt. Ausser dieses eine Mal im Mai. Auf der Terrasse topfte ich an einer Hortensie herum. Ich habe das gärtnerische Talent meiner Mama leider nicht geerbt, mein Daumen ist grauenhaft ungrün, die Lebenserwartung der Hortensie dementsprechend tief.

Eine der bei uns wohnhaften Bienen, sie hiess Maja, hat das gesehen. Vielleicht tat ihr die Hortensie leid, vielleicht hat es ihr allein vom Zusehen ausgehänkt, sie war auf alle Fälle flugs zur Stelle und schwirrte um mich herum. Sie surrte schrill und laut, richtig hysterisch war die. Dabei hab ich der gar nichts getan. Vermutlich hatte diese Biene irgendein psychisches Problem. Ein Burn-out zum Beispiel. Nie Pause, nie Ferien – es wäre kein Wunder. Oder vielleicht enart Grössenwahn. Die Biene wollte endlich die Weltherrschaft an sich reissen, dachte, je lauter sie surre, desto mächtiger sei sie – und hielt sich mit einem Mal für unsterblich. Könnte doch sein. Oder sie hatte den Kistenkoller. Das könnt ich ebenfalls nachvollziehen. Mit so vielen Frauen unter einem Dach, noch dazu im Lockdown. Oder ein Beziehungsproblem: Die wenigen Männer, die da wohnen, arbeiten nicht. Die widmen sich einzig dem Fressen und der Fortpflanzung – das gäbe mir auch auf die Nerven. Da müsste ich wohl auch mal raus zum Dampfablassen. Ich werde nie herausfinden, was die Psycho-Biene hatte. Sie hat mich gestochen, und damit war ihr Ende besiegelt.

Der Imker hat uns vorsorglich zusammen mit den Bienenkästen auch gleich ein Mitteli gegen Bienenstiche gebracht. Er erklärte mir später, das könne vorkommen, dass es bei so einer Biene die Sicherungen butzt. Da könne man nichts mehr machen für das Tierli – da müsse man dann einfach schneller sein. Aber grundsätzlich seien seine Bienchen sehr friedlich, versicherte er. Es gibt bei den Bienen viele verschiedene Rassen. Die einen sind etwas temperamentvoller als die anderen. Unsere Untermieterinnen gehören zur Rasse

Carnica, und die seien nicht so hitzig. Aber fleissig. Und sie liefern nebst Honig auch Blütenpollen. Fliegen die Bienen von Blüte zu Blüte, bekommen sie mit der Zeit gelbe Pollenhöschen. Wenn man am Bienenkasten eine spezielle Vorrichtung montiert, dann streifen die Bienen das Höschen beim Nachhausekommen ab. Diese Höschen werden gesammelt und eingefroren, und die kann man dann teelöffelweise ins Zmorgemüesli oder ins Joghurt mischen.

Wir haben ein paar Gläser Pollenhöschen bekommen. Das Müesli wird durch die Pollen gelb, und beim Essen blüemelets ein wenig im Abgang. Ich habe das gegoogelt: Die Pollen sind richtiges Superfood. Sie stärken das Immunsystem, helfen bei Verdauungsproblemen, sind gut für Herz, Hirn, Haut, unterstützen Genesung und Ausdauer. Seither nehme ich die regelmässig und warte nun auf die Superkräfte. Das wird toll! Ich werde fliegen. Ich werde laut surren. Ich werde die Weltherrschaft endlich doch noch an mich reissen.

		zu Gott sprechen			Tennis (engl.) ▶			
	Hauptstadt v. Kolumbien ▶							
				ind. Teigtasche ▼			wild, stürmisch (Musik)	
	übergenauer Mensch		gepolstertes Sitzmöbel ▶					1
geflügeltes Pferd		P	F	E	N	G	E	L
			Tierrechtsorganisation ▼			Autokz. Taiwan ▶		
	Fragewort	Kinderlähmung (Kw.) ▶						
stbrit. lb-el						Autokz. Kanton Schaffhausen ▼		Bindewort
		Titelfigur bei Goethe † ▶						

HERR DA CAPO

Beim Kreuzworträtseln stolperte ich über einen weiblichen Hirsch mit acht Buchstaben. Ich schrieb «Hirschin» in die Häuschen. Mein Mann, der Jäger, war mit der Hirschin nicht einverstanden. Hirschkuh sei die richtige Lösung. Das war aber ein Buchstabe zu viel. Ich googelte und landete auf einer Seite für Kreuzworträtsel-Lösungen. Beim weiblichen Hirsch gab es vier Lösungsvorschläge: Elchkuh, Rehgeiss, Schmaltier und Hirschkuh. Mein Mann schüttelte den Kopf. Eine Rehgeiss sei dänk ein weibliches Reh. Und ein Reh sei nun mal kein Hirsch. Da hatte er sicher recht. Und wenn eine Elchkuh die Frau vom Hirsch sein soll, was bleibt dann paarungstechnisch für den Elch? Versuchshalber tippte ich auf dieser Lösungsseite «weiblicher Elch» in das Suchfenster. «Keine Lösung gefunden.» Der arme Elch wird aussterben. Oder diese Lösungsseite war schlicht unseriös. Ich suchte via Google weiter nach dem weiblichen Hirsch. Und ich fand Hindin, Kahlwild, Rottier und, äbe: Elchkuh. Meinetwegen halt.

Die Geschlechtsbezeichnungen in der Tierwelt waren schon immer komisch. Ich verstehe zum

Beispiel nicht, warum der Mann der Ente ein Erpel ist. «Enter» wär doch viel logischer. So wie: Gans und Ganser, Schwalbe und Schwalber, Maus und Mausi oder Uhu und Uhuin. Es könnte so einfach sein. Ist es aber nicht. Die männliche Gans nennt man Gänserich, eine männliche Schwalbe ouwäg Schwalbenbock. Der Uhu heisst «Grossherzog». Offenbar bekam er diesen Titel, weil sich die anderen Vögel zusammenrotten, um ihn gemeinsam zu vertreiben. Der Ornithologe nennt das «hassen» – wir nennen es «Mobbing». Bei den Geschlechtsbezeichnungen für Tiere wurde auch da und dort etwas von der Jägersprache übernommen, sagt mein Mann. Ein männlicher Greifvogel wie der Uhu zum Beispiel ist ein Terzel. Wie denn ein weiblicher Greifvogel in der Jägersprache heisse, wollte ich wissen. Vielleicht Terzin? Oder Terzöse? Nein, antwortete mein Mann, die Frau des Greifvogels ist das «Weib». Jetzt aber! Wenn ich ein Tierweibchen wär, das würd ich mir nicht bieten lassen. Tierweibchen haben sowieso ein schweres Los. Ihre Männchen tun den ganzen Tag nichts anderes als Reviere markieren, kämpfen, herumposieren und paaren, paaren, paaren. Derweil sich die Weibchen um Nachwuchs und Nahrung kümmern. Gut, bei näherer Betrachtung gibt es da gewisse Parallelen, jedoch: Im Tierreich sind die Männchen stets schöner als die Weibchen. Das ist bei den Menschen umgekehrt.

Die Schwierigkeiten bei der korrekten Geschlechtsbezeichnung hingegen, die kennen wir auch. Wie nennt man zum Beispiel eine männliche Hebamme? Eine männliche Politesse? Oder einen weiblichen Stadtammann? Für Letzteres habe ich neulich eine Lösung gesehen. Und die lautet weder Stadtammännin noch Stadtamfrau. Nein, die Inhaberin dieses Amtes nennt man Frau Stadtammann. Da hat sich was getan. Es ist noch nicht so lange her, da hätte man die Bezeichnung «Frau Stadtammann» für die Gattin des amtierenden Stadtammanns benutzt. So wie es auch die Frau Lehrer, die Frau Professor oder die Frau Doktor gab. Und den Herrn Da Capo. Und vielleicht wäre das ja auch eine Lösung für die Tiere. Herr und Frau Uhu, Frau und Herr Gans – warum nicht? So starre Geschlechterrollen sind eh nicht mehr modern. Das weiss inzwischen auch die ältere Generation. Es ist noch nicht so lange her, da hat mir eine Frau Doktor alter Schule freudig mitgeteilt: «Mein Mann hat Sie zur Welt gebracht!»

EWIG LOCKT DER MANN

Die Tochter hat ein neues Spielzeug. Ein Locken-Maschineli. Das hat sie sich ausgeliehen, und jetzt kommt sie immer mal mit lockigem Wallehaar aus dem Bad. Während einer Pandemie muss man sich als Teenager neue Beschäftigungen suchen, und so löckelt man halt auch mal sein Haar. Mein Mann, der sich aufgrund fehlenden Haupthaars nicht dem Lockenmachen widmen kann, lockt derweil anderweitig. Er hat sich ein jagdliches Lockpfeifen-Set bestellt und übt die verschiedenen tierischen Lockrufe. So soll beispielsweise das Fiepen eines Mäuschens den Fuchs anlocken – weil der Mäuse zum Fressen gernhat. Zu diesem Zweck hats im Lockpfeifen-Set ein Mauspfeifchen. Des Weiteren finden sich dort Lockpfeifen, die «Vogelklage» oder «Hasenklage» heissen. Die gaukeln dem Fuchs vor, hier rufe ein verletztes Tier, das einfach zu fangen sei. Also kommt er, um sich den Happen zu schnappen. Statt auf den Happen trifft der Fuchs dann aber den Jäger – und, im schlechtesten Fall für den Fuchs, eben auch umgekehrt.

Es gibt aber noch etwas anderes, das Tiere, neben der Aussicht auf Nahrung, zuverlässig anlockt: die

Aussicht auf Paarung. Während der Ranzzeit, der Paarungszeit der Füchse, wird eine Hasenklage vom Fuchs glatt ignoriert, weil der in dieser Zeit nur noch das eine im Kopf hat. Da kann der Hase klagen, so lang er will – den Fuchs wird es nicht interessieren. Für die Ranzzeit gibt es deshalb einen Ranzbeller, mit dem der Jäger die Paarungsrufe der Füchse imitiert. Den Belllaut des Rüden sowie den Ranzschrei der Fähe. Damit wird der Fuchs durch ein in Aussicht gestelltes Schäferstündchen angelockt. Scho chli fies.

Solches Locken funktioniert aber nur, wenn man genug übt und der Laut täuschend echt klingt. So ein Fuchs ist ja nicht blöd. Wenn der merkt, dass ihn der Jäger verseckeln will, dann macht der sich auf und davon. Lachend. Also übt er fleissig, der Jäger, und lockt, was das Zeug hält. Das klingt während der Übungsphase mal nach einem jaulenden Kleinkind, mal wie der Schrei einer hysterischen Frau, mal nach heiserer Silvestertröte. Seit mein Mann dieses Lockpfeifen-Set hat, feilt er an den Klängen. Das führt dazu, dass ich regelmässig den Kopf aus dem Zimmer strecke, um einem merkwürdigen Geräusch nachzugehen – das sich jedes Mal als Lockruf meines Mannes entpuppt. So gesehen funktioniert die Lockerei ganz wunderbar – einfach mit dem falschen Tier. Unser Sohn wollte wissen, obs denn, neben der Hasen- und Vogelklage, auch eine Fischklage gebe. Eher nicht, sagte ich, googelte es aber zur Sicherheit. Und siehe da: Es gibt eine Fischklage. Und zwar handelt es sich dabei um ein Bild von Harald Naegeli, dem Sprayer von Zürich. Er sprayt seit den Siebzigern Strichfiguren auf öffentliche und private Wände. Illegal. Weshalb seine Kunst schon immer kontrovers diskutiert wurde. Für die einen ist er ein Street-Art-Pionier, für die anderen ein Vandale. Dieser Harald Naegeli hat einen Fisch mit einem Totenkopf auf eine Wand gesprayt. Illegal. Das Werk heisst «Fischklage». Diese lockte allerdings keine hungrigen Bären an, sondern die Polizei. Es folgte eine Anzeige und die Erkenntnis: Kunst ist stets ein Risiko.

Auch ich hab meine Lockinstrumente. Rascheln mit der Gummibärlipackung lockt die Kinder an. Das Geräusch der anspringenden Kaffeemaschine lockt meinen Mann in die Küche. Und wir beide reagieren auf den Lockruf von zischend geöffneten Bierflaschen. Derweil lockt unsere Tochter weiter ihr Haar. Und wartet auf Lockerungen.

↓	rut-schen, den Halt verlieren	↓	grüner Farbton	Berner Nebenfluss der Aare	süsser Brotaufstrich
	einen Aufschwung erleben ▶		G		
			(R)3		Aussehen (engl.) ▶
	Oberösterreicher ▶		A		
	Zuger Eishockeyclub ▶		S		nordwestdt. Fluss
(8)			SCHWEIZER TREPPENLIFT-PIONIE		

IM REGEN STEHEN

Gestatten, mein Name ist Leucanthemum. Meine Freunde nennen mich Margritli. Ich möchte an dieser Stelle das Wort ergreifen, um ein wenig zu chlönen. Ich habe lange genug geschwiegen. Wir Korbblütler ertragen viel. Wirklich viel. Wir sind genügsam. Und frönen der Romantik. Wir sind das Symbol für die ersten zarten Bande zwischen zweien, die sich gegenseitig anziehen. Wir sind die jugendfreie Variante der Rose. Letztere kommt zum Zug, wenn nebst der gegenseitigen Anziehung auch das gegenseitige Ausziehen absehbar wird. Aber mit solchen Dingen haben wir Margeriten nichts zu tun. Aus uns macht man hübsche Blumenkränzchen. Was übrigens sehr schmerzhaft ist, das möchte ich hier auch einmal gesagt haben.

Auch diese Blütenblattorakelei ist eine Unart, die wir zwar schweigend über uns ergehen lassen, die aber alles andere als lustig ist für uns. Kürzlich kam ein kleiner Junge in einem roten Shirt, der noch nicht mal für einen Schwarm orakelte. Nein. Er sagte abwechselnd zu jedem ausgerissenen Blatt: «Die Nati gewinnt, die Nati gewinnt nicht, die Nati gewinnt, die Nati gewinnt nicht.» Der hat meine Cousine kahl gestrupft. Und als er mit dem Resultat nicht zufrieden war, hat er sich meinen Vetter vorgeknöpft. So ging das weiter und weiter, meine halbe Verwandtschaft trägt jetzt Glatze. Das alles erdulden wir Margeriten, ohne zu maulen.

Einmal sah ich ein Bild, hier, in diesem Heft. Darauf war eine Trulla zu sehen, die so tat, als würde sie Blüten für einen Blumenstrauss schneiden. Dabei hat sie die armen Dahlien einfach nur kaltblütig geköpft. Und dazu auch noch blasiert geschaut. Es lief mir kalt den Stiel hinunter, als ich das sah. Aber nicht mal da hab ich etwas gesagt. Die aufmerksame Leserschaft hat sich dann für unsere Gattung gewehrt. Dafür bin ich dankbar.

Aber jetzt ist meine Geduld endgültig am Ende. Ich wüsste gerne, wer bei den Menschen für das Wetter verantwortlich ist. Denn ich muss energisch protestieren. So kann es einfach nicht weitergehen. Es ist zum Davonwachsen. Schon den ganzen Frühling über war ich empfindlich verkühlt. Ein paar meiner Verwandten kamen gar nicht erst aus dem Boden. Zu kalt. Dann eine Phase mit Wärme, Licht und Sonnenschein. Doch dieses Glück war nur von kurzer Dauer. Was dann folgte, hält bis heute an. Regen, Regen und nochmals Regen. Dieses feuchtwurzelige Wetter die ganze Zeit, das schlägt mir aufs Gemüt. Ja, es ist sogar so, dass mich eine gewisse Fäulnis überkommt.

Es gibt Tage, da öffne ich noch nicht mal mehr den Blütenkopf. Keine Lust. Dann steh ich da, wanke im Regen hin und her und warte auf bessere Zeiten. Die partout nicht kommen. Derweil höre ich die Schnecken, wie sie nebenan Partys feiern bis tief in die Nacht. Wie sie Erdbeeren schmatzen, langsamen Walzer tanzen oder sich obszön in den Salatblättern räkeln. Denen gefällt dieses Feuchteln. Ich weiss nicht, bei wem die sich eingeschleimt haben, aber das geht nicht mit rechten Dingen zu und her. Da muss etwas unternommen werden.

An wen kann ich mich wenden? Sind das die Leute auf dem Fernseh-Dach? Oder sind das die mit den Militärdecken-Kleidern aus dem Muotatal? Ich überlegte mir schon, in den Süden zu flüchten. Aber dafür bin ich hier zu sehr verwurzelt.

FRANKIE GOES TO WILLISAU

Unser neustes Familienmitglied hat amerikanische Wurzeln und lebt erst seit ein paar Tagen bei uns. Sein Name ist Dionaea muscipula, wir nennen es der Einfachheit halber Frankie.
Frankie gehört zur Gattung der Sonnentaugewächse und hat gern Staunässe. Frankie ist eher klein und unscheinbar, hat es aber faustdick hinter den Blättern. Denn Frankie ist eine Karnivore. Ein Fleischfresser. Für eine Zimmerpflanze eher ungewöhnlich. Frankies Blätter sehen aus wie kleine offene Fallen, gesäumt von spitzen Zähnchen. Innen hat es ein paar Härchen, die als Sensoren wirken. Setzt sich ein Viech in die Falle rein, angelockt von Frankies unwiderstehlichem Duft, dann schnappt die Falle zu und das gefangene Viech wird ab sofort von Frankie verdaut.
Wir haben bei Freunden einen nahen Verwandten von Frankie kennengelernt und waren entzückt. Eine fleischfressende Pflanze, das ist mal was anderes. Der Frankie steht jetzt auf unserem Küchentisch und soll Fliegen fangen. Er war noch nicht so erfolgreich und hat keine einzige Fliege erlegt. Ich mache mir bereits Sorgen: Haben wir eine vegetarische Karnivore verwütscht? Versuchs-

halber habe ich eine Fliege gefangen und Frankie mit ihr zusammen unter eine Haube gesperrt – früher oder später muss die Fliege dem Frankie in die Falle tappen. Das gibt ein leckeres Znacht für die Pflanze.

Doch die Fliege ziert sich. Entweder ist ihr Geruchssinn beeinträchtigt und Frankies Lockduft lockt ins Leere – oder sie ist wahnsinnig intelligent und hat das Spiel durchschaut. Wenn ich mir die Fliege so anschaue, finde ich ihren Kopf tatsächlich etwas gross. Vielleicht ist da ein ebenso grosses Hirn drin. Dann sähe es schlecht aus für Frankie. Der ist hirnmässig schlecht aufgestellt. Es könnte aber auch sein, dass Frankie ein Gourmet ist und einfach nicht jede dahergeflogene Stubenfliege vertilgen mag. Vielleicht hat er es lieber etwas exklusiver. Oder er ist einfach noch sehr jung und unerfahren, was das Viecherfangen angeht. Wenn Frankie das dereinst beherrschen wird, wird er viel Arbeit haben. Wir haben unzählige Viecher im Haus. Gut möglich, dass Frankie als erste adipöse Zimmerpflanze in die Geschichte eingehen wird. Ich möchte ihn auf Stechmücken abrichten. Von denen hat es bei uns heuer besonders viele. Als ich letzte Woche einen Abend auf der Veranda verbrachte, haben mich die Viecher komplett perforiert. Weil mein Mann, der die Mücken sonst zuverlässig anzieht, unterwegs war, statt neben mir zu sitzen und die

Mücken abzulenken. Da haben die Viecher mit mir vorliebgenommen.
Ich werde Frankie afig ein wenig anfüttern. Ihm schon mal ein paar Mücken-Häppchen zubereiten, damit er auf den Geschmack kommt, dachte ich. Auf der Suche nach geeigneten Rezepten erfuhr ich aber, dass das nicht geht. Keine Häppchen für Frankie. Das Essen muss lebendig und am Stück sein. Denn wenn da nichts mehr zappelt, wird es auch nicht verdaut. Inzwischen werde ich von diesem Thema regelrecht verfolgt. Letzte Nacht träumte ich sogar davon. Ein zwei Meter grosser Frankie hangelte sich durch unser Haus, frass alles, was ihm in den Mund flog, und am Ende stapfte er in meine Richtung. Knurrend. Und sabbernd. Und ich fürchtete, er könnte auch mich zwischen die Fangzähne klemmen. Ich erwachte schweissgebadet und mache seither einen Bogen um Frankie.

weich				tions-technik		
Fanatiker		flott, elegant		Zch. f. Barium ▶		○ 2
↳			▼			
B I	K 6	E	R	dokumentieren		Bienenzucht
Insektenfresser	Angeh. eines german. Volks		Meeresbucht	▼		▼
Spitzbube	▶					
↱			munter, aktiv		nicht ganz	
geringschätziger Ausruf		mündl. Fachbericht ▶	▼			

EHRET DEN KAKAPO

Ich kann jedem Menschen ein Tier zuordnen. Ich mach das oft im Zug. Oder im Café. Auch bei Bekannten mache ich das manchmal. Aber ich behalte diese Information stets für mich. Es ist heikel, jemandem zu sagen, welchem Tier er oder sie ähnlichsieht. Weil man automatisch an das Verhalten, den Körperbau oder die spezifischen Eigenschaften des genannten Tieres denkt. Und da gibt es bevorzugte und weniger bevorzugte Viechli. Die meisten wollen gerne Löwe, Fuchs, Adler, Bär oder Tiger sein. Weil diese Tiere besonders majestätisch, schlau, schnell, stark oder schön sind. Niemand will eine Ratte oder ein Schwein sein. Zu Unrecht. Ratte wie auch Schwein gehören zu den intelligentesten Tieren auf dem Planeten. Man könnte es wesentlich schlimmer preichen.

Um Letzteres zu beweisen, habe ich nach den unintelligentesten Tieren gegoogelt. Weit oben in dieser Liste ist das Faultier zu finden. Faultiere schlafen die meiste Zeit in der Baumkrone an einem Ast hängend. Einmal pro Woche steigen sie hinunter, um aufs Klo zu gehen. Da sie sich sonst kaum bewegen, brauchen sie auch kaum

Energie. Ihnen reichen ein paar Blätter und die Algen, die auf ihnen selber wachsen. Ich finde das gar nicht so dumm. Faultiere sind einfach gut im Einteilen ihrer Energie – und sie sind genügsam. Ich glaube, diejenigen, die Faultiere als dumm bezeichnen, sind im Grunde bloss neidisch. Weil sie selbst nicht so entspannt durchs Leben gehen können.

Auf dieser Liste der unschlausten Tiere stiess ich auch auf den Kakapo. Den kannte ich noch nicht. Das ist eine Papageien-Eule oder ein Eulen-Papagei aus Neuseeland. Lustigerweise gelten Eulen wie auch Papageien als schlau – in dieser Kakapo-Kombination aber offenbar nicht. Der Kakapo hat einen Balzruf, der klingt chli wie der Vibrationsalarm eines Handys. In der Paarungszeit ruft das Kakapo-Männchen Nacht für Nacht bis zu acht Stunden, um die Weibchen anzulocken. Vibrationsalarme sind aber leider sehr leise. Die Weibchen hörens wohl einfach nicht. Und offenbar schlägt dem Kakapo das stundenlange Gehupe auch ein bitzeli aufs Hirn. Der balzende Kakapo ist nämlich in seiner Erregung so verpeilt, dass er wahllos drauflos begattet und auch mal einen Ast oder einen Rucksack bespringt, blind vor Trieb. Betriebsblind sozusagen.

Auf alle Fälle: Zu Nachwuchs kommt man so nicht. Aber nicht nur darum ist der Kakapo vom Aussterben bedroht. Als flugunfähiger Vogel erstarrt er bei Gefahr und verlässt sich auf sein Tarngefieder. Das funktioniert super als Schutz vor Raubvögeln, den ursprünglich einzigen Feinden der Kakapos. Inzwischen gibt es in Neuseeland aber auch andere Raubtiere – und die können den Kakapo riechen. Da hilft alles Erstarren nix. Ich finde aber nicht, dass der Kakapo deshalb besonders dumm ist. Er ist vermutlich einfach etwas überfordert mit den vielen Veränderungen in der Welt. Dafür habe ich vollstes Verständnis. Das geht mir mängisch auch so.

Übrigens kann ich auch umgekehrt jedem Tier einen Menschen zuordnen. Aber auch das ist heikel. Darum werde ich dem Kakapo nicht sagen, dass ich finde, er sieht chli aus wie mein Chef, der Solomicky. Der arme Kakapo hat es schon schwer genug.

...einer Ruhrstadt		wirkung (engl.)		Kanton Jura			
Töpfermaterial				gut aufgelegt: bei ...		Vorn. d. Autorin Danella †	
Technik beim Gehen	Kurzform von Apéritif		eh. dt. Airline				
A	D	I(9)	Ö	L	E	N	
Zch. f. Palladium			Beschaulichkeit		Brotrinde		
spekulativer Anleger		Adliger im alten Peru					
						bereitwillig, mit Vergnügen	
Frau des Meeresgottes Ägir	dicht zusammen		Eichhörnchenfell		Abk.: Untergeschoss		(10)
	Faserrest, Fussel						

engl.: Zeit	Ende!		Sprech- gesang ▼		▼			
Freizeit- wasser- fahrzeug	B							
↱	A			gleich gesinnt		griech. Vorsilbe: innen		
frz.: ja	M	frz.: Sommer Mz. ▶			▼			
Kunde, Mandant ▶	B						◯ 6	
Zigar- renbe- hälter	A	kleine Motor- räder		russ.: ja ▶				
↱	M							
↱	!			Binde- wort	ital. Ort am gleich- nam. See	Karton, dickes Papier		unver- schämt, gemein
Dunst über Städten	heisses Getränk		staatl. Länderei ▼					
langes Amts- ▶						Vor- läuferin		mada- gass.

Frölein Da Capo ist seit jeher vielseitig unterwegs.
Als Musikkabarettistin, als Mitglied des Secondhand
Orchestras, als Zeichnerin – und als Kolumnistin.
Seit August 2015 schreibt sie wöchentlich für die
Schweizer Familie, dem reichweitenstärksten Familien-
magazin der Schweiz. Dort schlägt sie sich auch wöchent-
lich mit dem Solomicky umen – dem grantigsten
Scheff der Schweiz.

Frölein Da Capo
«Einmal um den Baum»
Episödali
ISBN 978-3-906311-56-2

Frölein Da Capo
«Buntes Treiben»
Noch mehr Episödali
ISBN 978-3-906311-32-6

Der Knapp Verlag wird vom Bundesamt für Kultur mit einem Strukturbeitrag für die Jahre 2021 bis 2024 unterstützt.

Verein Freunde des gepflegten Buches
buchfreunde.ch

Layout | Konzept Monika Stampfli-Bucher, Solothurn
Korrektorat Petra Meyer, Beromünster
Porträtfoto Cover und Biografie Esther Michel, Zürich
Druck CPI – Ebner & Spiegel Ulm

1. Auflage, September 2022
ISBN 978-3-907334-04-1

Alle Rechte liegen bei der Autorin und beim Verlag. Kein Teil des Werks darf in irgendeiner Form ohne Genehmigung der Herausgeber verwendet werden.

Gedruckt auf umweltfreundlichem FSC-Papier.

www.knapp-verlag.ch